きみと真夜中をぬけて

雨

STARTS
スターツ出版株式会社

夜を越えたら、
私はまた劣等感だらけの日々を過ごす。
そう、思っていた。
でも、きみが教えてくれたんだ。
人生、そんな埋まらない空白が
あってもいいんだって。

目次

きみと真夜中をぬけて

一.　青春は遥か彼方

二十三時——世界がだんだん眠りにつき始める頃。

街の明かりが消え、誰を対象にしているのかもわからない街灯が虚しく灯るだけの夜は、私がいちばん人間的に活動できる時間だった。

「あぁ、蘭《らん》。今から行くの？」

玄関でスニーカーを履いていると、お風呂からちょうど出た母にそう声をかけられた。

耳だけを傾け、「うん」と短く返事をする。

夜に部屋を出ることを日課にしてからもう一年が経とうとしている。

ともに暮らす母は、たとえ夜であろうと外の空気を吸うことを良しとしているようで、「気を付けてね」「スマホ持った？」と最低限の言葉を毎日かけてくれるだけだった。

一般的な家庭の基準はわからないけれど、少なくとも私の家は普通とは言い難かったと思う。

父親は私が中学二年生の時に他に女を作って出て行った。

仕事人間で家に帰ってこない日が多いなとは感じていたが、母より若い女に目をくらませ、家族を簡単に手放せるような人だったと知った時、悲しみも怒りも感じなかった。むしろ、帰ってこなかったのはその女性に会っていたからで、父にとって私たちはその程度の存在だったのだと妙に納得したのだ。

愛も恋も、ともに過ごした時間も、本能に太刀打ちできるほどの力は持っていないみたいだ。

父の浮気がわかった時、母は「そんな気がした」とあっさり言い放ち、父を責めたりはしなかった。

それから今まで、母が父の悪口を言っているところは一度も聞いたことがないし、陰で泣いているところも見たことがない。かと言って母の笑顔を嘘《うそ》くさいと思ったことはなかったし、恨みや憎しみを抱いているとも感じていなかった。

単純に、弱いところを隠すのがとても上手な人なのだと思う。

そんな母を、私はひそかにいつも尊敬していた。

母は果たして普通だと言えるのだろうか。

人より幾分か強い心を持つ母を普通と称するには、少々勿体ないような気もする。

如何せん、娘を夜の街に平気で送り出すような人だ。母の娘じゃなかったら、私は今頃社会に対して呼吸困難で、そのまま溺れてとっくに死んでいたと思う。

『若いってのは、それだけで人生の武器だから』

それは、私の自慢の母の常套句《じょうとうく》だった。

「いってらっしゃい、蘭」

「……うん」

履きなれたスニーカー。半袖の上に羽織る、夜の肌寒さを考慮したパーカー。イヤフォンとスマホは人生の必需品。帰りがてらアイスが食べたくなった時のための、予備の五百円。

それから——十七歳の私。

全部、夜を越えるための私の武器になる。

「いってきます」

母は、今日も笑顔で私を送り出してくれた。


たどり着いたのは、家から歩いて五分ほどのところにある公園だった。

そこが、私が夜を過ごす場所。

「濡《ぬ》れてる……」

午前中に雨が降っていたから、その影響でベンチが濡れていた。

晴れた日はここに座って音楽を聴いたりスマホを弄ったりして二時間ほど過ごすけれど、濡れたベンチに座る気にはなれなかったので、私はふう、と息を吐いてブランコに向かった。

六月になり、晴れた日と雨の日が交互に訪れるようになった。もう少ししたら、梅雨が本格的に始まりそうだ。

ブランコの雫《しずく》を適当に手で払い、スニーカーのままそこに立つ。

「ブランコの立ち乗りは危ないのでやめましょう」と口癖のように言っていた小学校の担任は、立ち乗りをして足を滑らせ怪我をしたことがあるそうだ。

経験者の言葉に重みを感じるのは、された側の気持ちがわかるからなんだよなと、ぼんやりと幼き記憶を思い返しながら考える。

純粋に学校を楽しんでいたのはいつまでか。

楽しむとは言わずとも、中学校までは、学校に行くことを苦痛だとは感じていなかった。

私はそこそこ目立つグループにいたから、交流関係はそれなりに出来上がっていたし、青春に値することも人並みにしていたと思う。

友達には恵まれていた。思春期の女子特有のいざこざもなかったし、誰かの陰口を言うようなこともなかった。人と仲良くすることに苦手意識を持ったことはなく、ただ本当に、青春というものを満喫できていた。

どこからおかしくなったのか。

どこから、私は社会に適応できなくなったのか。

あの時こうしていればとか、あの時こうしなければよかったとか。そんなことを今さら思ってもそこにあるのは過去だけで、今の私がどうにかなれるわけではない。

中学の時に仲良くしていた人たちは今、新しい環境で楽しくやっているのだろうか。私とは違って、ちゃんと毎日決まった時間に起きて、日中は学校で学びを深め、放課後は各々の青春活動を楽しんでいるのだろうか。

私はもう、学校には行けない——行かない。

学校は青春をするためにあるものだと思っていた。苦くて甘い思い出があたりまえのように刻まれると、そう信じていた。

中学は良い友達に囲まれた。だから、高校でもうまくやっていけると漠然とした確信を持っていた。世界は美しいものだとばかり思っていた。

けれどそんなのは全部、所詮おとぎ話に過ぎなかったのだ。

そこにあったのは嘘と嫉妬と、軽薄な言葉。

私は、その事実に打ちのめされてしまった。

ひとりで公園で過ごす夜のほうがずっとずっと平和で優しいことに気が付いた。

学校に行こうが、立ち止まったままの人生を送ろうが、毎日平等に夜が来る。

その事実だけは、生きてる限りこれから先も絶対に変わらない。

それだけが、今の私がある理由のような気もした。

「やっぱ夜サイコー……」

夜の風が頬《ほお》を切る。つめたくて、それがとても気持ちよかった。

学校が嫌いだった——いや、嫌いになった。

私が通う高校には、同じ中学からは私ともうひとりの女子生徒が進学しただけで、仲良くしていた友達はみんな離れ離れになった。

「時々会おうね」とか、「彼氏できたら報告しようね」とか、卒業式にそんな会話をした同級生とは、高校一年生の頃に数回顔を合わせて以来、それっきりとなった。

それぞれの高校での付き合いがあるから、当然と言えば当然のことだった。

私も、一年生の頃までは平和に過ごせていたはずなのだ。

部活動は必須じゃなかったので入らなかったけれど、代わりにアルバイトを始めた。

私も伊達《だて》に〝高校生〟という肩書を背負っていたわけではない。それなりにかわいいものは好きだし、流行りのものには興味があった。

そんな理由で駅の近くにあるカフェのバイトに応募し、トントン拍子で採用してもらった。放課後は友達とかわいいカフェや雑貨屋に寄り道をして帰ったり、週に三回バイトに行ったり、長期休暇はテーマパークに行ったり旅行をしたりした。

高校に入学してから仲良く友達になった子たちに対して、時々笑い声が大きいなと思うことはあったけれど、気になることはそれくらいだったから何も言わなかった。

言うほどのことではないと思っていたし、それを嫌だと認識していなかったからだ。みんなでワイワイすることが好きだったから、友達になれてよかったと思っていた。

楽しかった。楽しめていた、はずだった。

変化が訪れたのは新学期——二年生になってすぐのことだった。

「蘭、マイの好きな人って知ってて桜井《さくらい》くんと仲良くしてたわけ？」

「え？」

「バイト先同じだったのもさ、あたしら全然知らなかったんだけど。言わないまま自分だけこっそり抜け駆けとか、ずるいし最低だよ」

「え……え、待って」

「前から思ってたけど、蘭のそういうとこ——ほんと嫌い」

ヒュウッと乾いた空気が喉を通った。何のことを言われているのか理解できなくて、私に向けられた、憎しみと軽蔑が込められた鋭い瞳を、ただ見つめることしかできなかった。

原因はどこにあったのか。

春休み、なんとなくSNSを見ていたら、普段仲良くしている四人グループのみんなが私抜きで遊んでいる写真をあげていた。

あれ、私誘われてなかったんだっけ。そういえば私、冬休みもバイトで何回か遊びの誘いを断っていたし、気遣ってくれたのかも。いいなあ、みんな。

最初はその程度の感情だった。けれど、春休みの間、同じようなことが三回あった。

私、なにかしちゃったのかなな。そんなに毎回誘われないほどバイトが忙しいイメージがあったのだろうか。でも、前はもっとバイトの予定を聞いてくれたし、合わせようともしてくれていた。

変だな、おかしいな。得体のしれない不安を抱えたままでいるのが嫌で、私は初めて自分から「日曜日遊ばない？」と四人のグループラインに連絡をした。

半日以上返信はなく、日付が変わる少し前に、グループのうちのひとりから『空いてないわ』と、たった一文だけが返ってきた。

それっきり、私は連絡をするのはやめた。

春休み中は誰とも遊ぶことはなく、私はバイトと家を往復するだけの日々を過ごした。

新学期、学校に行くのがとても憂鬱だった。

自分が何をしたのかわからないまま顔を合わせるのが怖かった。

だけど、人と話し合う時は面と向かうことが大切だと何かの本で読んだことがあったから、逃げちゃだめだと言い聞かせて学校に行ったのだ。

そうしたら、嫌いだと言われた。

桜井くんというのは、隣のクラスの男の子であり、私と同じカフェで働くバイト仲間であった。一年生の五月に私がバイトを始め、それから数か月経った頃に桜井くんが入って来た。バイト先では私のほうが先輩にあたるので、仕事を教えるうちによく話すようになった。

とはいえ、休日にどこかに出かけたり、頻繁に連絡を取り合うような関係ではなかった。あくまでもバイト先が同じ同級生という枠の中にいたつもりだった。いや、つもりではない。それが事実だったのだ。

バイト先に桜井くんが入ってきたことは、果たして友達に言わなければならないことだったのか。聞かれたら答えた。けれど聞かれなかった。だから答えなかった。

それの何がダメだったのか、私はその瞬間もまだ、理解できずにいた。

マイがいつだったか、「桜井くん、なんか良いよね」と言っていた記憶は確かにあるけれど、仲良くなった当初から男の子をとっかえひっかえして遊んでいるイメージだったから、桜井くんのこともその流れで一時の遊びのようなものだと思って気に留めていなかった。

「もう、あたしら蘭とは友達やめるから」

友達って、「やめる」というひとことでやめることができるらしい。

私は、人間を美化しすぎていたみたいだ。

話し合いで解決するのは、お互いの声をちゃんと受け止めることができる者同士だけ。

こんなにもまっすぐな嫌悪を向けられたのはその時が初めてで、喉の奥がつっかえて、私はひとつも言葉に起こせなかった。

冷たい視線と嫌悪の棘《とげ》を受けながら、頭の片隅でこんなもんか、とも思った。

「蘭、あんたは大丈夫」

「名生蘭《みょうらん》。私はえらい、えらいよ、すごく。だから大丈夫」

「世界が私に適応していなかっただけだから」

「だからきっと、明日も大丈夫」

自分に言い聞かせるだけのひとりごと。

夜の風を浴びながら、私は私を励ましている。

太陽が眠りについたら、学校の人に会う心配もないし、制服を着ていなくてもおかしくないし、少しの寂しさを抱えても「夜だから」って言い訳ができるようになる。

この時間だけは、名生蘭という、死ぬまでやめられない私のことを肯定してあげられるのだ。

もう一年以上、私はそうやって自我を保っている。

不登校になったのは高校二年生の四月。それから一年と二か月、私は一度も学校には行っていない。

日中、母が仕事に行っている間は、部屋にこもって読書をし、その感想文を書いた。誰に見せるわけでもない。ただ、本を読み、それに感じたことを書きとめることが、学校に行かない私にとっての学習のようなものだと思っていた。

カフェのバイトは辞めた。桜井くんは何も連絡してこなかったけれど、それを不思議だとも思わなかった。

私たちは本当に、ただのバイト仲間でしかなかったからだ。

桜井くんだって、まさか私とマイたちのいざこざに自分が関係しているなんて思うはずもない。

ラインは消した。母とは電話でやりとりをしているし、中学の同級生とだって連絡を取り合う機会は減っていたから支障はないと判断した。

手持ちのSNSはリアルとのつながりを遮断し、適当なハンドルネームで登録して、好きな芸能人の投稿を見るためだけに使っている。

学校に行かなくなったことを機に、私は色々なものを手離した。

要らなかった。感情を揺さぶるものは、もう何も欲しくなかった。

青春などというものは、もう私とはかけ離れたところにある。

遥か彼方、私ひとりじゃ、もう見つけることすらできない。

辺りは変わらず静けさに包まれている。

住宅街だからだろう。二十三時なんてまだまだ夜の始まりに過ぎない。もっと街に近いところにいたら、人も灯りもあるのだと思う。

夜の静けさの中じゃ、呼吸音すら鮮明だ。ふう、と呼吸を整えるように二酸化炭素を吐き出し、足を滑らせないようにそっとブランコを降りた。

生憎ハンカチを持ち歩いていないから、濡れたベンチには座れない。見たい動画があったけれど、座れないんじゃなあ……と諦める。

長い夜を越えるために散歩でもしようかと思い立ち、公園を出ようとした。

そんな時だった。

「あ、いた」

「え？」

「不良少女。お前はきっと、ここにいると思ってた」

ザッザッと砂を蹴りこちらに向かってくる男。

街灯の明かりは乏しいけれど、距離が近ければ近いほど顔がよく見えるのは、朝も夜も変わらない。

脈が速くなった。悪い予想ばかり浮かべてしまう。

もし……もし、学校の同級生だったら。そしたらもう、明日からはこの場所に来るのは控えよう。

「やほ、元気？　俺はねー、めっちゃ良い気分だ」

私の前で立ち止まり、八重歯をのぞかせて笑ったその男を、私は知らなかった。

高校の同級生でも、中学の同級生でも、またそれ以前の知り合いでもなかった。

記憶力は良いほうだ。一度会ったことのある人の名前は忘れない。

学校の近くのコンビニで、私が入学してから三か月の間だけレジにいたフリーターのお兄さんの名前まで覚えている。沢井《さわい》さん。今はあのコンビニをやめてどこでバイトしてるんだろうなぁ……って。

違う違う、今は沢井さんのことなんかどうでもよくて、だ。

悪い予想が当たらなかったことに安堵《あんど》すると同時に、じゃあ突然目の前に現れたこの男は誰なんだと、あたりまえの疑問が浮かんだ。

「え、あの、誰ですか」

「ヒノデアヤですどうも」

「ひ、ヒトデ？」

「ひーのーで！　ヒノデアヤな、俺の名前。漢字見たら綺麗すぎて目玉出るぜ」

「えー……と、意味がよく……」

「俺はお前と話をしに来たんだ。なぁ、深夜徘徊不良少女」

夜は、ひとりじゃ寂しいからさ。

ヒノデアヤ。どういうわけか、彼は私に会いに来たらしい。

二. きみのどうでもいい話

「ひのであや……」

「うん。俺の名前な」

日之出綺《ひのであや》。そう名乗った男は、しゃがみ込むと、雨で濡れた地面に木の枝でがりがりとフルネームを書いた。

漢字を見たら美しすぎて目玉が出ると言っていたけれど、確かに美しい。残念ながら目玉は飛び出なかったが。「綺」という字でアヤと読むところも、現代っぽい珍しさを含んでいる。

その男は、白い肌に黒髪がよく映えていて、端正な顔立ちをしていた。

日之出 綺。ひのであや。ヒノデアヤ。

たとえ記憶力が良くなかったとしても忘れないような、そんな名前。

「つーか夜ってこんなに静かなんだ？ 俺、今日が初犯だからあんま感覚わかんなくて」

「初犯って……深夜に外に出るのは犯罪じゃないでしょ」

「未成年の深夜徘徊は補導対象よ？」

悪いことしてるのに変わりはねえだろ。そう言って綺が笑う。笑顔があどけなくて、雰囲気が少しだけやわらかくなったように感じた。

「不良少女、名前は？」

彼は私に会いに、二十三時過ぎの公園にやって来た。

私は彼を知らない。言ってしまえば不審者のようなもので、そんな彼に個人情報を与えることには少々抵抗があった。

口を噤《つぐ》む私に、「怪しんでんのかお前」と寂しそうな声がかかる。

怪しんでいる。そりゃあそうだ。怪しまないほうが、きっと少数派。

「……名生蘭」

それなのに、小さく名前をこぼしてしまったのは。

彼の持つ雰囲気が明るくて、透明で、悪い人には見えなかったから、だろうか。

同世代であることは確信していたし、先に名乗ってくれたから、本名くらい教えても良いと、そう思えたからだろうか。

考えてみたところで、正しい理由なんて見つからない。

きっと私は理由がほしかっただけなのだ。不審者かもしれない男に衝動的に名前を教えるという行為に、わけをつけておきたかった。

随分と前にぎゅっと蓋をしたはずの気持ちが、ほんの少し、溢《あふ》れてしまっただけ。

溢れた気持ちは、明日には渇いて元通りになるから大丈夫。

つまり、深夜のテンションは、フツウの感覚を麻痺《まひ》させる、というわけだ。

「蘭、ね。良い名前」

「あなたには負けるでしょ。……日之出綺なんてさ」

皮肉ではなく、本当にそう思ったから言っただけだった。けれど、綺は「意味わかんね」と吐き捨てた。立ち上がり、スニーカーで砂に書いた名前を消し、木の枝をポイっと投げ捨てる。

「名前に勝ち負けとかなくね？」

私を見つめ、何言ってんの？　みたいな顔をして平然と言いのける。

「名前って、死ぬまで変えられないもんだろ。どんなに嫌ったって一生変わんないまま。蘭は蘭だし、俺は俺だ。誰のほうがいい名前とか、そういうのないと思う」

「……なにそれ」

「一生離れらんないもののことは、どれだけ好きになれるかで人生の見方が変わるって俺は思ってる。思ってるだけだけどな、今はまだ」

初対面、会って数分。

それなのに何故、私はそんな話をされているのだろうか。

見た感じ同い年か、ひとつかふたつの差だ。知ったように人生を語られても、困る。

むっと眉を寄せると、「怒んなよ」と笑われた。それも、なんだか鼻に付いた。

ひとりの夜が好きだった。誰にも邪魔されない、私だけの時間だった。

住宅街のはずれに位置する公園。酔っ払いも不審者もいない、私だけの秘密基地のような場所。大きなひとりごとを言っても恥ずかしく思わない。澄んだ空気が寂しさを誤魔化して、孤独を肯定してくれる。

「言ったろ。俺は、蘭と話がしてみたかったんだって」

「……なんで」

「車でここを通った時に何回か蘭の姿を見たことがあるんだ。もしかしたら毎晩ここにいんのかなって、ずっと気になってた。深夜の公園にひとりでいるってさ、どんな理由でそこにいるのか知りたかった。そんで今日、ようやく親の目を盗んで家を抜け出すことに成功したわけだ。まーじでハラハラした。ドアってさ、神経注いだらまじ無音で閉められんのな。知れてよかった」

「……はあ?」

「てな感じで、成功したからとりあえず会いに来てみたってこと」

「意味わかんないし……」

「俺もだいぶわかんねーけどな、衝動には逆らえんのだわ」

親の目を盗んで私に会いに来た変な男、改め日之出綺が言う。

ドアを無音で閉められることを、私は知らなかった。堂々と母に送り出されて家を出ているから、忍ぶという行為をしたことがないのだ。

不思議な人だなと思った。変わっている、とも思った。

だけど少し、面白そうな人だな、と思った。

「べつに私、あなたと話すことなんてないよ」

「聞いてくれるだけでいい。俺のどうでもいい話をさ」

「それ聞いて何になるの」

「夜が早く終わるじゃん」

「……夜は長いほうがいい」

「じゃあわかった。夜って、寝るまでが夜だから、寝たら朝が来る、寝なかったらずっと夜。つまり寝なければ明日も明後日も夜。おっけ？」

「全然よくないんだけど」

「つーのはまあ、ただの屁理屈《へりくつ》。生憎明日は学校に行かなきゃなんないから、一般的な朝が来る前には帰ることにするよ」

学校、とあたりまえに出てきたワードにわかりやすく目を逸らす。

一般的な朝は、私にはもう一年以上来ていない。

そんな私が、あたりまえの日々を過ごす綺と話せることなんてあるのだろうか。

「蘭」

綺が私の名前を呼ぶ。心なしか丁寧に紡がれたそれに、耳を傾けないわけにはいかなかった。

「俺を知らない奴と、俺の話がしたいんだ」

言葉の意味はわからないはずなのに、どうしてか少し、わかる気がした。

今日の夜は、いつまでか。


「どーぞ」

「はあ、どうも」

「つかハンカチくらい持ってこいや。雨上がりのベンチに座れるわけなかろう」

「散歩するつもりだったところを綺に邪魔されたんだよ」

「えーそうなん。わりーわりー許せ。許してくれてありがとう」

「まだなにも言ってない」

雫が残るベンチを、ポケットから取り出した、変なクマのキャラクターの刺繍《ししゅう》が施されたタオルハンカチで躊躇《ためら》いなく拭きとった綺に促され、私はそこに静かに座る。

お尻が冷たかった。白い布でベンチを拭いたらそりゃああたりまえのように黒く汚れてしまうわけで、「なんかごめん」と謝ると、「なにが？」と返された。

雑なのか、何も考えていないのか。

ハンカチを指差すと、「朝飯前だわ」と言われた。私も国語が得意なわけではないけれど、多分、その使い方は間違っていると思う。

「雨の日も関係なくこうやってここに来てんの?」

「うん、まあ。ほぼ毎日」

「何して過ごすの」

「音楽聴いたり、散歩したり、ぼーっとしたり」

「ふうん」

「興味ある?」

「すっげえある」

ここが、私の居場所だ。

誰にも迷惑をかけずに、私は私と向き合うことができる。

名生蘭。あなたは、私は、絶対大丈夫。

学校という箱の中にとらわれて学びを得るより、読書をして感想文を書いているほうが、きっと素敵な感性が磨かれる。

だから大丈夫。この夜を越えて、また朝が来ても、私は大丈夫だからね。

そうやって自分を認めてあげることで、私はこの一年を生き繋いできた。

けれどその事実は、出会って間もない綺に——私を知らない人に、わざわざ言うようなことじゃない。

綺にとっての私のイメージは、深夜徘徊不良少女のままでいい。人は脆《もろ》く呆気《あっけ》ない。同情することと関係を断つことは、同じくらい一瞬だ。

「ていうか、私のことはいいんだって。綺は、綺の話を聞いてほしいんでしょ」

俺を知らない人と、俺の話がしたいんだ。

綺が言ったその日本語を、私は理解できないままでいる。

ちょっとめんどくさそうな人に捕まったから、まあいいか、と頷《うなず》いただけ。

綺は、私とはどうも感覚が違う。けれど、綺がそう思う理由には、少しだけ興味があった。

「蘭は、星とか空とか、好き？」

唐突な質問だった。隣に座る綺をちらりと見つめると、彼はぼんやりと空を見上げていた。

綺のことなんか何も知らないのに、その表情は優しさで愛おしさで溢れていて、綺が星や空を好きだということだけはなんとなく感じた。

「蘭？　聞いてる？」

「あ、うん。ごめん聞いてた」

質問に答えることすら忘れてその横顔を見つめてしまっていて、顔を覗《のぞ》き込まれる。

ふいっと視線を逸らし、先ほどの綺と同じように夜空を見つめる。

雨が降った日の空に、星はほとんど見えない。

意識的に星空を見上げたことはないけれど、思い返せばこの公園で星が綺麗に見える日は、きまって日中の天気が良い日だった。綺麗だとは思う。

けれど、私が抱くその感情は、「好き」とは違うような気もする。

ただ、よく光るなぁとか、星数えたら眠くなるかなとか、そんなことを思う程度。

それ以上の感情は、抱いたことがない。

「何も、感じたことない」

「そっか」

「うん、ごめん」

「いーって。なんの謝罪」

なんの謝罪、だったのだろうか。

綺が愛おしそうに見つめているものに対して感情が揺れなかったことにか、話を弾ませられそうにないことにか。

わからないけれど、なんだかやるせない気持ちになったことは確かだった。

「うん、だよね」

「謝る理由がないのに謝るの、勿体ないと思う」

「……うん、だよね」

うん、そうだよ。綺が笑う。やわらかくて優しい声色だった。

「俺はさ、星とか夜とか。そういうものの概念……つーのかな。そこにあるだけで、無知なままぼーっと見つめられるから。その時間が好きなんだ。もはや感謝すらしてんのね」

「感謝……」

「そう、存在にな」

夜と星の概念。辞書的意味ではとても端的だろうけど、綺にとっては言葉ではうまく表せられないほどの意味があるのだろう。

数えきれないほどひとりの夜を越えてきているのに、私は夜に感謝なんてしたことはない。

綺の感性は、どこか理解できない。だけどとても、素敵だと思った。

「もうちょい興味持てんのか蘭」

「いや……」

「なんだよ」

「結構、興味、あるよ」

今まで考えたことのなかったこと。

「ふはっ。わかりづらいな蘭は。表情筋が爆死」

「うるさいな」

「堪忍袋も爆死」

「だからもー……うるさいな。いいから、続き。私が知らない綺のこと、もっと教えて」

漠然と、綺と話していれば新しい夜に出会えそうな気がしたから。

ニッと口角を上げた綺は、ひどく楽しそうだった。

「俺さ、中学の時、天文部だったんだけどさ」

「だった?」

「そう。辞めた、合わなかったから」

サラリと言いのけた綺。あまりそのことを重く考えていないようなトーンだったので、「そうなんだ」と短く返す。

「私あんまりよくわかんないんだけどさ、天文部って星を見る部活なの?」

「そう! そこなんだよ!」

「うわびっくりした怖」

大きくなった声にビクッと肩を揺らす。急にそんな声出さないでほしい。

どくどくと脈を打つ心臓を落ち着けるように深呼吸をして、やけに食い気味だった綺の言葉に耳を傾ける。

「よく気づいたな名生蘭、天才の称号を与えてもいいぜ」

「はぁ？」

「天文部は星を見る部活ってな。俺もそう思ってた、てかそうであってほしかった。俺の目的はそれでしかなかったんだよ、本当に」

そうであってほしかった。けれど、実際はそうではなかった。

綺の寂しそうな口調から、そのことはなんとなく読み取れた。

話を聞くに、天文部はただ星を見るだけの部活ではなく、天文に関する研究や活動をする部活らしい。むしろ、綺の言った天文部は研究が主だったそうで、星を見たいだけで入部した人は綺以外にいなかったという。

「いやあ、勉強会だったねあれは。星を見に行くんじゃなくて、星の知識を身につける部活だった。ベンキョーネッシンでいいとは思うけどね、思うけど、うん」

「勉強会かあ……」

「俺はただ、綺麗だねーつって星を見たいだけだったんだけどなぁ」

「俺と周りの解釈、一致しなかったっぽいから辞めたわ」と言われ、この男は無知なのかばかなのか行動力に長けているのかわからない人だなと思った。

「いや……でもさ、普通にそこら辺は調べてから入るべきだったんじゃない？」

「でも蘭も星を見る部活だと思ったろ？　解釈一致じゃん」

「私は天文部に入ろうなんて思ったことがないからそこまで興味がないだけだよ」

「つめたい奴だなあ」

「なんでよ……」

あーあ、と星が浮かばない空を見上げ、綺がぼやく。物憂げな横顔に、一瞬だけ言葉を紡ぐか躊躇った。

部活の内容を正しく理解しないまま入部するなんて、私には到底考えられないことだけど、綺にとってはあたりまえのようにできてしまうことなのかもしれない。

後先を考えずに行動する力は私にはないものだから、綺が羨ましいとも思えた。

「しかもさ、蘊蓄《うんちく》垂れ流す奴ばっかで。スペクトル型とか万有引力《バンユーインリョク》とか、そんなん知らんし、話も合わなくて」

「それは私もわからんかも」

「だーろぉ？　ギリわかったの、ハレー彗星くらいな」

「私はそれもわからん」

「なんかね、すげーレアなヤツなんよ」

「ふーん」

「ふーん、よな。わかる」

綺が関わってきた、彼と解釈不一致の天文部のみなさんは、ここできっと「ハレー彗星とはうんたらかんたら――……」って話し出すような人達なのだろう。

顔を歪ませて「わかんね！」って言っている綺が想像できて、なんだか笑えた。

「概念だけで良かったんだ、本当に」

「概念……」

「ハレー彗星の蘊蓄をわけわからん用語でダラダラ説明されるより、『今日ハレー彗星見れるらしいよやべえ興奮する』とか言って笑うほうが数億倍楽しいと思うわけ、俺は」

当時のことを思いだしてのことなのか、綺が小さく息を吐く。

「詳しいだけが正解なんて思いたくねえのに、部活辞める時、部長に言われたんだ、『君はどうして知識が乏しいのにこの部活を選んだのでしょうか？』ってよ。笑ったわ、フツーに。今でも時々思うけどさ、部長とは来世でもわかり合えんなと思う」

「うん」

「俺は星が好きで、綺麗な空をたくさん見たかった。何かを好きになるのって、気持ちさえあれば十分だと思ってたんだよ。でもさあ、部長とか他の部員にとってはそれは理解しがたいことだったっぽくて、それが悔しくもあったっつーか」

人の好きを否定するには、同じだけの条件を差し出さないと割に合わない。

この世は理不尽で溢れている。人の気持ちを考えずに発言をする人ばかり。自分の正義を押し付けて、良かれと思った言葉で人を傷つけていることに気づかない。

悔しい、と言った綺が、当時の部長さんの言葉にどのように感情を揺さぶられたのかはわからないけれど、そこに部活を辞めてしまうほどの影響力があったのは確かのようだった。

「蘭はさぁ、そういうのないの？」

不意な質問に首を傾げた。

そういうの、とはつまり、概念ごと抱きしめてしまいたくなるようなもの。

私にはあるだろうか。

考えて、「あぁ……」とすぐに自分に納得し、首を横に振った。

「べつに、ない」

「ないんか」

「ないよ。基本なんでもいいの、本当に」

夜も星も公園も音楽も、人生《わたし》も。

執着するほどの思い出はなく、普通だと言える日々でもなく、また、特段好きだと言えることも何もなかった。

自分で言葉にして、私にはやはり何もないなと虚しくなる。私を言葉で表すなら、『不登校の不良少女』が妥当だろうか。

私ですら、私を正しく表す言葉を知らない。

つまらなく虚しい日々が、いつかどこかで終わりを迎えられるとも思えない。

もうずっと、漠然と苦しいままだ。

夜を越えたら、私はまた劣等感だらけの空っぽな日々を過ごす。

『若いってのは、それだけで武器だから』

そうだよね、だから私、きっとまだ大丈夫。長い人生の中で、若いうちにいつか元に戻れたらいい。この日々は、今の私に必要な時間。

そうやって周りの優しさに甘え、自分を無理やり肯定する。

だからこそ、ふと我に返ると痛感するのだ。

私という存在そのものが、ずっと私にとっての重荷であることを。

「じゃあ、そうだな」

「え？」

「とりあえず、俺と友達になる？」

意味がわからなかった。「じゃあ」も「そうだな」も「とりあえず」も、ひとつも文脈が合っていなかった。

何の脈絡もなく言われたそれに思わず顔が歪む。薄暗い公園の街灯に照らされた綺の顔からは、言葉の真意など読み取れそうにはなかった。

「なんだねその顔は」

「なんだねって……いや、意味が全然わからないって顔……してるつもり」

「わはっ、なるほど。いいねいいね、面白いよ蘭」

どこが面白かったのかはわからない。けれど、肩を揺らして笑う綺があまりにも自然体だったから、本当に私の何かがツボに入ったということだけは伝わった。

「なあ、蘭」

蘭。たった二音を、綺は大切そうに紡いでくれるから、今夜この場所に来てから、名前を呼ばれるたびにどこか懐かしい気持ちになる。

「世界はさぁ、俺たちのためにできちゃいないんだ。だから適応できないのは仕方ないし、好きも嫌いもまともに見つからなくたって気に病むことはないと思う。でも、たとえ望まない世界でも、生きてるからにはできるだけ楽しく過ごしたいと思わん？　俺は思ったね。だから見つけた。星を見てる時だけは、俺はこの世界を好きになれる。こんなつまんない世界にも綺麗なものってあるんだーってさ」

「……私は、」

「意外と見つかるもんなのかもな。俺らが生きる意味って」

私はまだ何も見つけられていない。

何にも適応できないまま、日々の癒しも趣味もなく、学が乏しいまま、変わらない夜に逃げる。

それでもいつか、うっかり生きてしまいたくなるような何かが見つかったら。

そうしたら、幾分かこんな日々も輝くだろうか。

「お節介だと思ってくれていい。夜ってテンション上がるだろ？　アドレナリンが出まくってるから」

「綺って実は友達いないの？」

「はあ？　いるわ失礼な。純粋に蘭のことが気になった。だって考えてみ？　親の目盗んで名前すら知らない深夜徘徊不良少女に会いに来るってもはや恋だかんな」

「なにそれ。綺ってそうやって女子に絡むタイプ？」

「ばか、そんな軽薄な男じゃない俺は！　恋に括ってもおかしくねーよなっていう例えの話をしてんの。これから恋になるかもしんないし」

「そういうタイプね」

「そういうタイプって言うのやめて？」

ふ、ふ、と笑みがこぼれる。母以外の人と話すのは久しいことだったから、アドレナリンが出まくっている、のかもしれない。

出会ったばかりの人との会話が楽しいと感じるなんて、自分でもびっくりだ。

「言い方変えるわ。蘭に興味湧いたから、もっと知りたいと思ってる。蘭が生きる理由、俺も一緒に見つけたい」

夜空を見上げて、綺がふーっと息を吐く。

空気に溶けていく二酸化炭素みたいに、空っぽな自分も一緒に解放してあげられたら、世界はもっとラクだった。

それができないから、みんな、何かと闘って生きている。

世界は、私たちのためにできてはいない。

だから見つけるらしい、生きる理由を。

「てかね。綺の恋の括り方、やっぱりちょっとおかしいよ」

「間違いかどうか蘭が決めることじゃないですなぁ」

「だって私たち、まだ〝とりあえず〟友達になったばっかりだもん」

おかしな奴に捕まった。恋も友情もまともに区別できていないような男だ。

けれど、この出会いが漠然と、私にとって大切でかけがえのないものになるような気がしたから。

「蘭、かわいいとこあるね」

「うっさい。また聞かせてよね、綺のどうでもいい話」

「どうでもいいってなんだよ。どうでもよくねーよもはや恋バナだぞ」

「だから違うって」

またきみのどうでもいい話、聞いてあげようと思う。

三. 今夜またこの場所で

『あー、蘭ちゃんまたレターセット買ってる』

『あは、つい……でも見てほら、可愛くない？』

『かわいいけどぉ……今時文通とかしてる人いなくない？　蘭ちゃんだって、使い道ないって前に言ってたじゃん』

『そうだけどさ。なんだろ、いつか何かの時に、大切な人にこのレターセットで手紙書きたいとか思っちゃうんだよね』

『うーん？』

『まあでも、今のところ渡す予定はゼロ。みんな連絡取り合ってるし』

『だよね、電話もラインもあたりまえだもん。にしても意外だよね、蘭ちゃんにこんなかわいいとこあるなんて！』

『ちょっと。ばかにしてる？』

『あははっ、違うよ褒め言葉！』


「蘭。雨降ってるから気を付けてね」

「うんー」

今日もまた、夜が来る。

六月の後半といえばまだ梅雨は明けきっていないわけで、ぱらぱらと雨が降る日が続いていた。

履きなれたスニーカーに足を通し、黒のキャップをかぶる。傘は邪魔だし、差した時に自分の周りに空気がこもるのも嫌いだから、極力持たないようにしている。キャップをかぶるだけで、視界は途端に良好。雨で空気自体がよどんでいて気分が下がりがちなのは否めないが。

「いってきまーす」

帰りがてらアイスが食べたくなった時のための予備の五百円と、濡れたベンチを拭くためのティッシュが入ったサコッシュをぶら下げ、ポケットにスマホを忍ばせる。ワイヤレスのイヤフォンはケースをサコッシュにぶらさげていつでも聴けるように。

今日も今日とて、楽しい夜を越える準備は万端だ。

立ち上がり、トントンと二回つま先を鳴らす。母に声をかけ、ドアノブに手をかける。ガチャ、と扉を半分開けた時、「あ、そうだ」と思いだしたように母が言った。

「また来てたよ。手紙」

「あー……、うん。そっか、おっけぇ」

「今回はさくらんぼ柄。かわいいねぇ、レトロで」

「私、もう行くね」

「また一か月経ったのね。早いわぁ」

「ああ、うん、じゃ。行ってくるね」

母の言葉を遮り、逃げるようにドアを開ける。

私の態度については何も言わない。けれど代わりに、あからさまに手紙のその話題を避けていることに気づかないふりをするのだ。

毎月下旬頃に、かわいいレターセットがポストに入っていること。宛名と差出人はいつも変わらないこと。

手紙が届くたび、母は敢えてそのことを私に報告してくる。

いつか、どこかで、私の気が変わることを、きっと本当は願っているのだと思う。

「リビングの、引き出しのとこに入れておくからね」

返事はしない。唇を噛《か》み、手紙が届くようになってから、この言葉に頷いたのは最初の三回までだった。唇を噛み、母とは目を合わせずにドアを開けた。

その手紙は、私の夜には必要ないものだ。


「お、来た。やっほー蘭、昨日ぶり」

「うん」

「何聴いてたん」

「ロックンロール」

「待って、その答え方めっちゃイカしてるわ真似させて」

「いいよ」

変わらずこの場所にやって来た綺と軽く会話を交わし、イヤフォンをケースに戻してから、ティッシュで軽く水気をふき取ったベンチに座る。

それからすぐにプシュ、と缶を開ける音が聞こえ、流れるように隣に座る綺に目を向けると、その手には600ｍｌのコーラ缶が握られていた。

600ｍｌなのにペットボトルじゃなくて、缶。

たいしたことではないけれど、どうにも珍しくて、記憶に刻まれる。

「暑いなぁ、夜なのに」

「夏近いよ」

「よな。やっぱ夏は炭酸しか勝たんのだ」

ごくごくと喉を鳴らしてコーラを飲む綺の横顔をぼんやりと見つめる。

彼は、綺という名前がよく似合う、繊細な雰囲気を持っている。黒髪が、白い肌によく映えていた。

日之出綺。公園で落ち合うだけの、夜だけの、健全な友達。

とても不思議な関係ではあるものの、同時に毎晩どうでもいい話をするだけの日々に楽しさを覚え始めていた。

「で、蘭」

「ん？」

「今日はいつもより二割くらい覇気がないな。聞いてほしいことでもあれば、俺は菩《ぼ》薩《さつ》の心で聞くぜ」

綺は人を、よく見ている。

初めて会ったのは十日ほど前のことで、ここで落ち合うのもまだ両手で数えられるくらいなのに、今日に限らず綺は私の変化によく気づくのだ。

思い返せば、女の子の日が来てちょっとイライラしていた一週間前は、あまり会話をせずぼんやりと空を眺めていたような気がするし、夕飯に好物の八宝菜が出た時は「いつもより機嫌良いね」と言われた記憶もあった。

前髪が短くなったこととか、つけている香水が変わったこととか、体感したことに気づくことができる人ももちろん素敵だとは思うけれど、綺はそれとはまた違う。

人の纏《まと》う雰囲気や心情を察して、慎重に、寄り添おうとしてくれる。

十日、綺と同じ夜を越えて気づいた。

彼は、人の変化にとても敏感みたいなのだ。

「綺さぁ、将来はカウンセラーとか向いてるんじゃない」

「なんだよ急に」

「人の気持ち、察するの得意じゃん。欲しい言葉を欲しい時にくれるし、重苦しい空気じゃなくて、わざと笑わせようとしてくれてるんでしょ。菩薩とか」

「菩薩はガチ」

「まじか」

雨の日が続いているせいで、今日も星は見えない。

いつになったら満天の星が見える天気になるのだろうと考えるけれど、この公園は住宅街の端っこにあるとはいえ街灯がちらほら灯っているから、完全に星だけの輝きを見るには場所を変えなければいけない。

もしいつか、無知な私でも、綺と同じように概念ごと抱きしめたくなるような、そんな夜に出会えたら。

その時は隣にいるのが綺だったらいいなと、そんなことを思うのだ。

深呼吸をして、綺、と小さく名前を紡ぐ。ぐーっとコーラを飲んだ綺は、そのまま首をこちらに向けると短く返事をした。

「……今からすごくどうでもいい話してもいい？」

「恋バナ？」

「違うよ。思い出話」

「うん、いいよ」

「綺からしたらすごくどうでもいい話かもだけどさ」

「人の思い出話、聞く前からどうでもいいって思う奴は多分人間の形をした何かだと思うぜ」

「菩薩の心で聞いて」

「菩薩じゃなくても聞くよ」

「まじか」

「まじだよ。蘭の話、聞かせてよ」

綺の言葉にどこか漠然とした優しさを感じて、少しだけ、泣きそうになった。

人に話すのは、これが初めてのことになる。

「……手紙が届くんだ」

ぼやきにも近い私の静かな声は、夜の空気に容赦なく溶けていく。

膝の上で拳を握りしめる。手汗がにじむ感覚が気持ち悪かった。

「前に……不登校になる前に、仲良くしてた子から。毎月末頃にさ、手紙が来るの。すっごいね、毎回レターセットの柄が違くてね」

「ほう」

「私が好きそうな……レトロな、和紙とか。和紙ってわかる、綺」

「わかるわ。なんかあれだろ、ぺらぺらの薄いやつ」

「あながち外れてはないけど、その言い方はなんかやだ」

「お洒落なやつな。もらったことあるからわかる」

「え、彼女？」

「妹」

「あ、そう」

ポストに初めてそれが投函されたのは、私が不登校になってちょうど一か月が経とうとしていた時だった。

仕事から帰って来た母が、控えめに私の部屋をノックし、「蘭宛てに手紙が来てんのよ」と、どこかうれしそうに言っていた。

『誰から？』

『藤原杏未って書いてあるよ。ほら、『名生蘭さまへ』ってさ』

『あみ……』

藤原《ふじわら》杏未《あみ》。知り合いに――かつての友達に、その名を持つ者がいた。

高校一年生の時からの仲だった。

同じ中学校出身ということを踏まえると、厳密には十三歳からの知り合いということとにはなるが、中学時代にまともな会話をした記憶はなかったので、友達と呼べるようになったのは十五歳になってからのことだった。

藤原杏未。人にあまり意見しない、世間一般で「優しそう」と言われがちな雰囲気を持つ女の子であった。

仲良くなったきっかけは、高校一年生で同じクラスになったこと。

『名生さん……だよね』

『……あ、藤原さん』

入学して初めて彼女と交わした会話はそれだった。

藤原杏未と面識はなかったものの、中学二年生の時にじゃんけんで負けてクラス委員をしていた不運な女の子、という認識をしていたので、話しかけられた時、「あの子か」とすぐに思いだすことができた。

同じ中学校出身の人を見つけたから話しかけた。私の中学校から同じ高校に進学した同級生は彼女しかおらず、話すことが必然と言えばその通りだった。

『名生さん、同じ学校だったんだね』

『うん。うちの学校からここ来る人少ないよね、遠いし』

『遠いよね。わかる……！』

友達ってこうやって始まるんだなぁと、ぼんやり思った記憶がある。

それから間もなく、私たちはお互いを「蘭ちゃん」「杏未」と呼ぶようになった。これもまた成り行きだった。名字だとよそよそしいよね。そう言ったのは私だったような気もする。記憶はすでに定かではなかった。

初めの数週間はふたりでいることが多かったけれど、だんだんクラスにも打ち解けるようになり、派手なふたり、マイとシホとの交流が始まった。

高校一年生。私と杏未、マイとシホは仲の良い四人グループとしてクラスでも確立していった。

初めの頃はよかった。違和感はなく、本当に心から、私は三人のことが大好きだった。

一年目の春休みが明けて学校に行くと、私はひとりになっていた。

桜井くんの件でマイの機嫌を損ね、シホは完全に私に敵意を向けるようになった。

杏未は、何も言わなかった。

人に意見をしない子だ。マイやシホのような女子に歯向かえるとは到底思えなかったので、なんとなくそうだろうなとは思った。

わかっていた。もしあの場で杏未がマイたちに意見していたら、ターゲットにされる可能性があったことも想像できた。

人はみんな、自分主義な一面をもっている。保身するのがあたりまえ。それはなにも、悪いことではない。

もし逆の立場だったら、私もそうしていたかもしれない。

マイとシホの視線に怯えて、ひとりになることを恐れて、自分に矛先が向かないように と目の前の出来事から目を逸らしていた可能性だって、絶対にないとは言い切れない。

自分を杏未の立場に置き換えて考えることができなかった。

それは、杏未に見捨てられたのが、単純にとても悲しかったからだ。

杏未がどんな気持ちでいたか、本当はどうしたかったのか、それを問うほどの余裕が私にはなかった。

〝友達〟なんて名称は、呪いだ。

うちら友達だよね。ずっと一緒だよね。蘭、最近なんか気に食わないから明日から無視ね。春休み、あいつ抜きで遊ぼうよ。

聞こえるはずのない、私を抜いた三人の会話が脳内を侵食していき、息ができなくなった。

不登校になった。学校に行くのが、怖くなってしまった。

心が完全に死んでしまう前に逃げたことを、母は責めない。

それが、唯一の救いだった。

初めて学校を休んだ日、マイやシホは当然のごとく、杏未からも連絡はこなかった。一緒に過ごした時間がまるでなかったみたいに、私たち四人の友達〝ごっこ〟は終わりを告げた。

だから、杏未から手紙が届いた時は、ただこわい、と思った。

一通目は、淡い紫のシンプルな封筒だった。

黒のボールペンで、〈名生蘭さまへ〉と書いてある。その字はよく整っていて、線が細かった。よく覚えている。０．３８ｍｍのボールペンが細くて書きやすいから好きだと、杏未から聞いたことがあった。

「蘭が好きそうなレターセットだね」

母が嬉しそうに笑う。返す言葉がなかった。

レターセットをついつい集めてしまうのは私の癖で、趣味でもあった。

幼い頃、意味もなく人に手紙を書くことが好きだったことの名残だろうか。小学生の頃までは携帯を持たせてもらっていなかったので、その影響もあったと思う。かわいい便箋に、自分の気持ちを文字に起こし伝えることに楽しさを覚えていた。

けれど、年齢を重ねるにつれ、電話やラインがあたりまえの時代になった。

世の中の普通にベクトルを合わせるのは当然のことで、手紙は私の生活からどんどん離れていった。

手紙という文化を人間から遠ざけるかのように、世界は電子機器を発展させていくくせに、雑貨店や文具店は世界に歯向かうように新たなかわいいを開発していて、ひと昔前にはなかった面白かわいいレターセットが増えた。

手紙を送る相手は、母しかいなかった。

誕生日と母の日に、四五〇円のレターセットを新調した。

四枚入りのうち、使うのは一枚だけ。これはいつからか決めた自分だけのルールだった。

同じ人に同じデザインを使わない。母にあげたかつての手紙を並べたらわかる。そのどれもが、私が見つけたかわいいレターセットだった。

「え？　でもこの子、蘭の友達なんじゃないの？」

「……み、見ない」

「っ違う……、杏未は、違う……」

友達だった、私にとっては。だけど、杏未にとってはそうじゃなかった。

私は、簡単に切り捨てられる存在だったのだ。

杏未がどうして一か月経って、手紙なんて送って来たのか。ラインも電話も、学校に行くことをやめた一か月の間に鳴ったことはなかった。

中身を見るのが怖かった。

杏未がそんな子じゃないことくらい、マイよりもシホよりも私がいちばんわかっているはずなのに、これまでため込んできた鬱憤や悪口が綴られていたらどうしようと、そんなネガティブが勝ってしまった。

「……捨てといて」

「えぇ？　でも、蘭」

「いいからっ」

私は弱い。弱くて、脆くて、簡単に逃げることを選んでしまうような人間だから。

「……その子知らない。友達じゃ、ない」

杏未から届く手紙は、この一年、一度も封を切ったことがない。

「……まぁ、お母さんには全部お見通しみたいでさ。手紙届くたびにわざと私に報告して、リビングの引き出しで保管してるみたい」

一通り話し終え、ふー……と息を吐く。

夜はいつだって長くて静かだ。どんなに心が壊れそうな時も、比較的穏やかな時も、平等に夜が来て、朝を迎える。

矛盾だらけの世界で、唯一人間が平等でいられる時間だと思う。

にじんだ手汗をシャツの裾を握りしめるようにふき取る。

手紙のことを知っているのは母以外にいなかった。そして、これまでもこれからも誰かに話す気はなかった。

だからまさか、知り合って十日の男にこの過去を話すことになるなんて思わなかった。

けれど不思議と、抱えていたわだかまりがほぐれたような気もしていた。

「つーか」

ずっと黙って聞いていた綺が口を開く。

前かがみで太もものあたりに肘を乗せて頬杖をつき、目線だけを私に向けた。光沢のある、綺麗な瞳だった。

「蘭って不登校なん?」

「え、そうだよ」

「ほえぇ」

「言ってなかったっけ」

「言ってねーよ」

不登校であることを言わずしてこの十日、綺とどんな話をしてたんだっけと回想する。

綺は最近酢豚にはまってるとか、私は最近寝る時に着けるアイマスクの香料をラベンダーから柚子に替えたとか、そんなたわいない会話ばかりして過ごしていたことを思いだして納得した。

私たちは、お互いのことをまだ何も、よく知らない。

知っているのは名前と趣味、最近はまっていること、苦手なこと、好きなこと。つまるところ、基本情報にあたる情報は、お互い無に近かった。

そんな綺に、私は突然、不登校前に仲良くしていて友達から手紙が届いたという旨のことを話していたのか。綺からしたらだいぶ脈絡のないことだったに違いない。

「なんかごめん」と謝れば、「無意味な謝罪は事務所NGです」と言われてしまい、思わず笑ってしまった。

「まあでも、あれじゃん？」

「なに？」

「その手紙届けてくる友達もさ、いっぱいいっぱいだったのかもしんねーじゃん？その時はきっと、蘭を守る方法までたどり着けなかったのかもよ」

綺が呟《つぶや》く。

そうかなぁ、そうだよ、どうかな、そうだといいなって思うだろ、蘭も。

短いやりとりが続く。

もし杏未が、あの時私の肩を持つことと、マイやシホの機嫌を損ねず保身すること
で天秤《てんびん》にかけられていたとしたら。

考えることが同時にたくさんあって、私を守る方法までたどり着けなくて、それで。

「蘭のことが大切だから、敢えて手紙を選んだのかもしんないよな」

「……そんなの、都合よく解釈しすぎだよ」

「逆に蘭は、都合悪く解釈しすぎだな。届いた手紙、一回も目ぇ通してないんだろ」

「それは……」

「蘭が知らないところで、その友達はあがいてるのかもな。蘭が好きそうなレター
セット買ってさ、毎月欠かさず届くわけじゃん。そんなの、どうでもいい奴にしよう
と思わないよ普通」

ぐっと言葉を呑み込む。

そうだといいなって思うよ。杏未にとって私がどうでもいい人じゃなければいいっ
て思う、そう願っている。だけど、でも。

「……人って、嘘つきじゃん」

「そうだね、蘭も」

ははっと笑われ、唇を噛んだ。

嘘をついている。どこらへんが、どんな風に。

問いただせば、「人間は発言の八割が虚構である」と言われた。そんなはずはないと言えば、そんなはずがある人もいるんだよな、と言われた。

綺は変だ。人の雰囲気や態度の変化には気づくくせに、空気を読んでくれない時がある。

それが、今だ。わざと、敢えて。今日の綺の発言と行動には、全部その接頭語が付いている。

「二割の本音は、自分から言わないとわかんねーよ。人間は、そんなに優秀じゃねーんだわ」

優秀じゃないから、過去を引きずり、立ち止まって振り返る。

時間が解決してくれるまで、そうやって一歩ずつ進むしかないのだ。

「まぁ、でもあれよ。思いだすのが苦しいことは俺もわかるから。蘭の気が向いた時に、その手紙、目通してみたらいいんじゃね？」

「一生向かないかもしれないんだよ」

「そん時はそん時だろ。でもまあ、俺はその子と蘭のことなんも知らないけどさ。なんとなく、未来があるような気がする。根拠は俺の勘」

涙が出そうだった。あてにならないはずの綺の声は、どうしてかとても心強く感じた。

「ひとりで抱えきれなくなったら俺にぶつけてもいいぜ、菩薩の心で聞くし。何も知らないからこそ話せることもあんだろ。知らんけど」

「知らんけどって……」

「だって知らんし。ところで蘭って何歳？」

「急に？」

「今気になったから」

「十七歳。高三」

「まじか俺も高三。明日誕生日、十八の」

「なにそれ祝ってほしいってアピール？　明日は来るのやめよ」

「おっっっまえ……」

「あ、もう日付越えてるから今日じゃん。そろそろ帰ろっかな」

「おいせめておめでとうくらい言ってくれ？　十八歳最初に話してる貴重な人間だぞ蘭」

「じゃあね綺」

「ちょ、え、蘭まじで帰るつもり？」

私たちは、お互いのことをまだ何も、よく知らない。

知っているのは名前と趣味、最近はまっていること、苦手なこと、好きなこと。

それから、

「また今夜。誕生日プレゼント持ってくるよ」

きみの、誕生日。

今夜またこの場所に、きみが欲しがる言葉を伝えに来よう。

四．変わらない日々はつづく

「あら？　蘭、今日はいつもより早いんじゃない？」

時刻は二十二時を回った頃。玄関で靴紐を結んでいると、ちょうどお風呂からあがった母に声をかけられた。

私がいつも外に出るのは二十三時前後のことだったので、確かにいつもよりは三十分以上早い。

日によって気持ち家を早く出る日もこれまでに何度かあったけれど、今日は無意識ではなく、意図的にだった。

「うん、ちょっとコンビニ寄ってくから」

「コンビニ？」

「……人の好きなものって、わかんないから。お菓子なら人間の八割は喜ぶ気がするっていう、自論」

「うーん？　何の話なのかねぇ」

「いってきまーす」

母の声色からにやにやしていることはなんとなく察したから、逃げるように家を出た。

空は澄んでいて、今日は星がよく見えそうだ。

梅雨なので、空が雲で覆われる日ばかりなのはどうにもできないことだったけれど、綺が好きだという夜と星の概念を、私もいつか一緒に抱きしめてみたかった。

今日の空なら、綺と同じ景色が見られるかもしれない。

たくさんの特別が詰まった夜になりそうだと、夜の風を切りながら思う。

自宅と公園を繋ぐ道のりの途中に、コンビニがある。

二十四時間光が消えない場所。明るい時間に外に出ない私からすれば、コンビニは唯一の便りだった。

自動ドアを抜け、店内に入る。店員さんは、私がアイスを買いに来た時にいつもレジをしてくれる、大学生とみられる男の人だった。

いつもは公園の帰り道に立ち寄るからすっかり深夜になっているけれど、二十二時半に来たのは初めてで、この時間から働いてるんだなぁと、何故か感心した。

お菓子コーナーに向かい、スナック菓子やチョコレート、グミ、おつまみなど、ありとあらゆるジャンルのお菓子をカゴにぶち込む。

予算は千円。いつもは硬貨のみをポケットに突っ込んでいるから、財布を持つことも、その中にお札を入れたのも久しいことで、少しだけそわそわした。

お菓子を入れたかごを持ち、レジに向かおうとした途中でふと、飲料コーナーが目についた。

アルコールが置いてある棚の隣。コーラの600mlの缶を見つけて、ふたつ、カゴに入れた。

男性店員が待つレジに向かい、重いカゴをドスンと置く。「レジ袋、ください」と言えば、「うす」と短く返された。

ピッ、ピッ、機械音が響く。レジの画面に映し出される金額が、機械音とともに増えていく様子をただぼーっと見つめていると、「お客さん」と店員さんから声をかけられた。

ぱっと顔を上げると、店員さんは商品から目を離さず手を動かしたまま、口をゆっくり動かした。

「今日は、いつもより早いんすね」

「え?」

「あと、買うものも多い。なんか、楽しそうっすよ、お客さん」

全ての商品のバーコードをかざし終えた店員さんが、ぱちぱちと目を瞬かせる私を余所に「お会計、一〇八五円です」と告げる。

慌てて財布からお札を一枚取り出し、百円硬貨をトレイにのせた。十五円のお釣りを受け取り、財布にしまう。

楽しそうっすよ、お客さん。

その言葉の続きを言ってくれないから、どうしていいかわからずレジ袋にお菓子とジュースを詰める店員さんの指先をじいっと見つめる。

アイスをひとつ買う時はシールを貼ってもらうだけだったから見ることもなかったけれど、男の人の手って、こんなにごつごつしていて大きいんだ。

思い返せば綺の手も、この店員さんと同じくらい綺麗で、ごつごつしていたような気もする。

「ありがとうございました」

全て詰め終わった袋を差し出され、「あ、ありがとうございます」とぎこちなく返す。

目が合った。その瞳からは、さっきの言葉の真意は読み取れない。

私がいつも深夜に来ることを認識していてくれたのか。

小説や漫画で常連という言葉をよく見かけるけれど、同じ原理で、私はこのコンビニの常連という扱いになっているのだろうか。

「あ、あの」

「はい」

「た、……楽しそう、ですか、私」

袋の取っ手をぎゅうっと握り、震える声で問う。

店員さんは一瞬数秒の間を置いたあと、

「はい」

その二文字を、丁寧に紡いだ。

「おれ、人の顔覚えるの苦手で。常連のジジイ……あ、お客さんが来て、『煙草いつもの』とか言われてもわかんないんすよね。ほら、話し方がえらそうなリーマンのジジイ……じゃなくてお客さんってだいたい短気でしょ。だから『何番ですか』って聞いても『なんで覚えてねえんだよ』って。いやそらジジイ……お客さん、てめえの顔が薄いからだわって。マルボロもセブンスターもただのカタカナなんすよジジ……ジジイこの野郎」

「ついにジジイを言い直すのやめましたね」

「はは。まあ、そんなん実際には言いませんけど」

「おれえらいんで」そう付け足して、店員さんが笑った。

「でもお客さんは、すぐ覚えました。なんか、独特だったんで」

「え……そうなんですか」

「いつもアイスひとつ持ってレジに来てポケットから出した五百円で支払う未成年訳ありJK」

「え」

「違います？　おれにはそう見えてましたけど」

すごい、全部正解だ。私ってそんなにわかりやすいオーラが出ているんだろうか。

「……えっと、私、学校……や、休んでてですね」

「なるほど」

「……た、太陽の光が眩《まぶ》しくて……的な」

「的な。なるほど」

彼は深夜に会うだけのコンビニ店員だ。

訳ありだとすでに思われているのなら隠す必要もないのかも、と開き直って正直にそう言えば、「そうだったんすね」と感情の読み取れない言葉で言った。

訳ありＪＫ。かわいくやわらかい言い方で収まるような私ではない。

友達に裏切られて不登校で、社会不適合。毎日の深夜徘徊。

言ってしまえば、ただのわがままな不良女だ。

日々、フツウからかけ離れていく自分が、情けなくて惨めだった。

けれど、そんな私に、店員さんは思いがけぬ言葉を落とした。

「でもなんか、ちょっと羨ましいっす。お客さんのこと」

どこがどう、私に羨ましがられるポイントがあったのか、到底理解できなかった。

「意味がわからないです」そう言えば、「おれも、あんまわかってないっす」と返された。

店内には、他の店員さんもお客さんもいない。私と目の前に店員さん、ふたり分の声が交差する、静かな空間。とても不思議な感覚だった。

「でも、お客さんは、立ち止まる勇気を持ってるから。自分の〝無理〟な範囲を自分でちゃんと感じて、逃げた。それってすごいことっすよ。世界はチャカチャカ進んでて、波に乗ることを強いられてる。立ち止まって休むことは、非難されるようなことじゃないのに」

「……そう、でしょうか」

「おれは、その勇気すら、ないんで」

黒の双眸《そうぼう》が私を捕らえる。店員さんは、自分を嘲笑うように息を吐いた。

「おれは、最初から何も持ってないくせに社会から逃げたら自分には何もなくなるって、そんなことばっか考えて動けない。ここじゃジジイに怒られて、うっせえなって心の中で思うだけ。大学も……あ、おれ大学生なんすけど。夢も何もないまま、寝るために講義に出てる。彼女はいるけど、成り行きで付き合ったから好きとかあんま感じたことなくて」

「……そ、なんですね」

「おれはずっと中途半端なんすよね。逃げるか戦うかなのに、どっちにも当てはまってない気がしてる」

買ったアイスにシールを貼ってもらうだけの私には、きっと話してくれなかったこと。

同じことをこなす日々に、彼は辟易《へきえき》しているらしい。言葉にしないと考えていることはわからない。顔も整っているし背も高いから、きっと友達も彼女もいて、大学もそこそこ楽しんでいる人だと勝手に思っていた。

そんな店員さんが、本当は私のことを認識していて、さらには羨ましいと思っているなんて、そんなこと一ミリも疑わなかった。

「お客さんは、なんか大丈夫な気がします」

「大丈夫、とは」

「うん、多分、わかんねーけど。お客さん、もうこのコンビニ通って長いけど、そんなにいっぱいお菓子買ってるとこ見たことないっすもん。コーラ、缶で二本って、ウケますね」

「ウケますか」

「ウケますよ、ペットボトルじゃなくて缶て。しかも600ml。若いってやばいすね。夜、一緒に越えてくれる人に出会えたのかなって、レジにこのカゴ持ってきた時に思いました」

一緒に夜を越えてくれる人。

その言葉と同時に脳裏を過ぎるのは、

『やほー蘭、今日も来ちゃった』

毎晩私と話をしにくる綺の顔。

出会って十一日目。綺に会うことが、私の日々の日課になっている。

綺は最近、親の目を盗んで家を出るコツを完全にマスターしたらしい。ドヤ顔で言うもんだから、「私くらいになると笑顔で送り出されるようになるんだよ」と言ったら「そりゃ蘭は元祖徘徊少女じゃん」と笑われた。

褒め言葉なのかすらわからなくて、私も笑えた。

「待ってんじゃないすか？　その人」

「……そうですね。そんな気がします」

「またお待ちしてますね。おれは、あなたを見るたび、少しずつ勇気もらってるから」

同じ世界を生きるものとして。

誰の何にもなれないと思っていた私でも、誰かの力になれていたらしい。

声にならない感情が込み上げる。ふ、と小さく微笑んだ店員さんにつられ、私もふ、と笑った。

今日はとても、特別な日だ。

「……あの、私も実はずっと、言いたいことがあったんです」

「はい」

「名前……なんて読むんですか」

名前を覚えるのが得意な私が彼を頑なに店員さん、と心の中で呼んでいるのは、彼の名前の漢字が読めないからだった。

「マモナカです。……マモナカヒカリ。おれには眩しすぎる名前なんで、少し恥ずかしいです」

幻中光《まもなかひかり》。ネームプレートに印字された漢字をもう一度見つめる。とても素敵な、彼にぴったりの名前だった。

恥ずかしいと目を伏せた幻中さんに、「よく似合っていますよ」と言えば、「夜行性だし、マモナカって聞き間違いも相まって真夜中ってあだ名付いてますけどね」と言われた。どちらにせよ、素敵だと思った。

「私は、蘭。名生蘭です。名前のナに、生きる。蘭は、花の蘭と同じです。草冠に東みたいなやつ……あ、違う抜けた、えっと……門の中に東だ」

「ああ、はい、くさもんひがしですね」

「ヘンな略し方するんですね……」

「そうですか？　ミョーラン。素敵な名前っす」

「またアイス買いに来ます。真夜中さん」

「はは。うん、はい、待ってます。いつでも、おれはここでジジイをぶちのめす方法考えてますんで」

「物騒ですよ」

「煙草の銘柄とか知らんのですわ。逆に知ってますかミヨーさんは」

「マルボロは、よく聞きますけどね」

「おれは、肺が綺麗めな男でモテたいです」

「真夜中さんは喫煙者でもモテますよ、顔が良いから」

「あんま当てにならんすね、ミヨーさんは夜の覇者だから。昼間のコンビニは、かっけーリーマンがわんさかいますよ」

「昼のコンビニに用はないです」

「はは、ウケますね」

「ウケますか」

「ウケます。はは、うん、ウケた」

「棒読みやめてください」

夜のコンビニ店員、幻中 光――通称真夜中さん。

それは、彼と初めて話した夜のこと。

その日、鼻歌を歌い、真夜中さんに詰めてもらったレジ袋を持ち公園に向かうと、綺はいなかった。

着いたのは二十三時手前のことで、いつもより少し早いしもうすぐ来るかな、とそんなことを思っていたけれど、三十分経っても一時間経っても、綺が姿を現すことはなかった。

今夜渡したかった誕生日プレゼントも、今夜しか意味がない「誕生日おめでとう」の言葉も、綺には届けることができないまま日付が変わり、翌日になった。

お菓子を選んでよかった。コーラも、自宅の冷蔵庫で冷やせばまた美味しく飲める。

自分を納得させるように、心の中でそう唱えた。

出会ってからの十一日間、綺は毎日欠かさず両親の目を盗んで私に会いに来てくれていた。

耳からイヤホンを外す。耳のそばに響いていた音が消え、静まり返った。

ぼんやりと空を見上げる。綺がいない夜は久しぶりで、そのくせ、ムカつくほどに星がよく見えた。綺と一緒にこの空を見上げたかった。

寂しさが募り、それだけが、私の頬を濡らした。

それから一週間が経ってもなお、綺が公園に来る気配はなかった。

「らーんー。冷蔵庫に入ってるコーラ、ずっとあるけど飲まないの?」

綺の誕生日に買った袋はそのまま冷蔵庫に入れて放置していたので、「飲んでいいならお母さん飲んじゃうよー」と言われてしまい、咄嗟《とっさ》に「もうちょっと待って」と返した。

「てか蘭、コーラなんか飲むっけ?」

「いや……でも、あげようと思って買ったの」

「誰に?」

「すごく名前が綺麗な菩薩。……でも、来ないからそのまま」

「ぼ……え、菩薩? 友達じゃなくて?」

「んー、菩薩だね、うん」

「ごめん蘭、ぜんぜん意味わからんのよ」

意味がわからないと首をかしげる母だったが、深くは追及してこなかった。

綺と出会う前から、深夜徘徊が日課になっていた。

変わらず毎日公園を訪れているものの、ふたりで越える夜を知ってしまったせいで、この一週間は夜がやけに長く感じていた。

綺は毎日あたりまえのように公園に来ていたけれど、それが「ずっと」続くことだなんて、そんな約束はしていなかった。思い返せば、「絶対明日も来るよ」なんて、綺は一度も言ったことがない。

人間は実はとても弱いこと。あたりまえをあたりまえだと思い込んでしまうこと。本音をすぐに隠してしまうこと。

人間はいつだって完全攻略が不可能で、「ずっと」や「絶対」が守れない生き物だ。知っていた。わかったつもりでいた。けれど、どこか消失したような気持ちだった。

梅雨が終わりに近づいている。晴れの日が増えた。星が多くなった。

一か月弱で私を取り巻く環境は徐々に変わっていて、そのくせ変化をもたらした張本人は、突然、会いに来なくなった。


「らしゃいませー……あ。こんばんは」

深夜一時。ふらりと立ち寄ったいつものコンビニでは、気だるげ深夜バイター幻中光さん——通称真夜中さんが品出しをしていた。

私の来店に気づいた真夜中さんが軽く会釈をしたので、私もつられてぺこりと頭を下げる。

「一週間ぶりっすね」

「そうですね」

「ミヨーさん、なんかありました？」

私の変化に気づくのが綺だけではないと知ったのは、ちょうど一週間前のこと。あの時買った一〇八五円のお菓子とコーラは、まだひとつも開封しないまま冷蔵庫の中で眠っている。

真夜中さんと目が合ってすぐそう問われ、私はそれを肯定するように俯《うつむ》いた。

「……最近、夜が長くて」

「夜は長いもんですよ」

「でも楽しい時間はあっという間じゃないですか」

「そっすね。あっという間です、確かに」

「半月前の記憶がもうないです」

「え？」

半月前、突然現れた綺と、私は流れるままに仲良くなった。夜をともに過ごし、たわいない話をたくさんした。

特別な何かをしたわけではなく、ただ夜が過ぎるのをふたりで待つだけの時間は、日を追うごとに愛おしいものになった。

夜は長いほうが良いと思っていた。太陽が隠れている間だけは、真面目に学校に行く高校生も、バイトに励むフリーターも、不登校の私も、平等になれるという認識をしていたのだ。綺と過ごす夜が私は好きだったのだ。

綺と出会う前の夜を、私はもう、思いだせずにいた。

深夜一時のコンビニの利用者はそうそういない。この店舗は住宅街の端っこに位置しているから尚更だ。自動ドアは、私が入店したのを最後に一度も開いていなかった。

夜をともに越える人がいたこと。

彼はとてもおかしな人で、だけどそのおかしさに安心していたこと。菩薩の心を持っていること。６００ｍｌのコーラを飲んでいるのは彼だったこと。

そんな彼が、一週間前から突然来なくなったこと。

「なるほど」

ざっと私が今抱える事実と感情をぶつけると、そんな短い返事がきた。

これを深夜バイターの真夜中さんに話すのもどうかと思ったが、「どうせ暇だし聞きますよ」と言ってくれたので、その言葉に甘えて私はべらべらと話してしまった、というわけである。

「連絡先とか知らないんすか」

「知らないです」

「学校も？」

「知らないです。名前と、年と、誕生日くらいしか知らない」

本当は綺の誕生日に、色々聞こうと思っていたのだ。どこの学校に通っているとか、子供の頃の話とか、昼間の様子とか。

私は夜、公園で会う時の綺の雰囲気しか知らないけれど、太陽が出ている時間はもしかしたら少しキャラが違うのかもしれないから。

誕生日を境に、綺の中に少しだけ踏み込んでみようかなと、ひそかに心に決めていた。

「あー、だめっすねミヨーさん。明日やろうはバカ野郎っす」

「……後悔してます。あたりまえに、また会えると思ってたから」

「まあでも、後悔ってのは、後になって悔やむからそう呼ばれるわけで。後悔しないようにってのは実質無理な話だとおれは思ってます」

真夜中さんの言葉は、適当にも屁理屈にも聞こえない。

彼が本当にそう感じて生きているからこそ、私の中にすとんと落ちていくのだと思う。不思議な感覚だけど、嫌いではなかった。

「ちょっと待っててください」

そう言って、返事をする前に真夜中さんがバックヤードに入る。一分ほどで戻って来た真夜中さんは、色々食べ物が詰まったレジ袋を手渡した。

思わず「なんですかこれ」と聞くと、「廃棄です」とだけ言われた。

「随分急ですね」

「夜長いから。食べ物あったほうが良くないですか」

「ここで食べろと？」

「おれも食います」

「そういうことじゃないです。お客さん来たらどうするんです？　私、万引きとか疑われるの嫌ですよ」

「じゃあ店の制服貸しますよ」

「真夜中さんの深夜テンション怖いです」

「ははは」

「笑いごとじゃないですよ……」

真夜中さんも大概おかしな人だ。なんとなく、綺とは気が合いそうな気もする。

なんて、そんなことを考える私に「冗談ですよ」と笑いながら言う。

真夜中さんの笑った顔はやわらかくて、そこには優しさが込められていた。

「あげます、それ。賞味期限切れてますけど」

「えぇ……」

「大丈夫すよ。おれいつもそれ食ってるんで」

「あてにならないです」

「まあでもほら、死にはしないんで、きっと。知らんけど」

適当だ、とても適当だ。

それでも、真夜中さんなりに気を使ってくれたのだろう。「お腹下したら真夜中さんのせいにします」と言ってその袋を受け取ると、笑われた。

「てか、思いだしたんすけど、その菩薩さん一昨日来たかもしんないす」

「え?」

「缶コーラ、買いに来た人がひとり居ました。生憎顔は覚えてないんですけど、高校生くらいの男の子だった気がします。思い返せば菩薩みたいな顔してた」

「話を盛らないでください」

「はは、させん。菩薩みたいな顔は多分、嘘です」

缶コーラを買いに来た、高校生くらいの男の子。

住宅街の端っこのコンビニで、今どき６００ｍｌのコーラを缶で買う人となれば、それは確かにレアな客なのかもしれない。

「でも、昼間でしたよ」

その言葉に、私は「え」と声を洩《も》らした。

「昼間ですか」

「はい。八時くらい」

「いや昼間ってかそれは朝じゃないですか」

「ミヨーさん的解釈だと、太陽が出てる時間を昼間って言ってるんだと思ってました。朝は朝なんすね」

「今覚えました」そう付け足して真夜中さんが笑う。

胸のあたりがきゅっと締まった。苦しい、と、思っているのだろうか。

私が抱えるこの漠然とした不安と寂しさは何が原因なのかわからなくて、余計にももやもやした。

綺と私が時間を共有するのは決まって夜だ。

暗いうちに「おはよう」と「おやすみ」を交わす。たった数時間一緒にいるだけなのに、生活の大半をそこで過ごしているような感覚だった。

私の昼間は空っぽで、記憶が薄れている。寝て食べて本を読んで感想を書くだけの時間より、綺とくだらない話をする時間のほうがよっぽど濃くて有意義だから。

だけど、綺はそうじゃないかもしれない。

昼間は学校に行き、同級生と仲良く登校して、学食を食べて、部活をして。

そうやって青春を謳歌するのがあたりまえの世界を生きている。

私は無知だ。なにも知らない。

一年半前から、太陽が灯る時間の記憶が止まっている。

綺が生きている世界のことを知らないまま、夜だけを越えて同じ世界を生きた気になっている。

「ミヨーさん、朝のコンビニはうるさいすよ」

「え？」

「珈琲《コーヒー》とパンを買うジジイがわんさか。レジが止まらない。だからおれは、夜が好きなんです。接客はほとんどしなくて済むし、そもそも客が少ないから、常連の顔はおれでもすぐ覚えられる。最近は話し相手もできました。夜勤、楽しいです」

「え、あの、真夜中さんは急に何を」

「単純に、夜が好きなんですよ、おれは」

真夜中さんの声が、静かな店内に落ちた。

「きっとその菩薩の人も、ミヨーさんと過ごす夜が好きだから毎日来てたんじゃないすかね。親の目を盗んで来てたんすよね？　ほら、親にバレたとか、試験前で時間が取れなくなったとか。考えられる可能性はいくらでもありますよ。まあ、稀《まれ》に深刻な問題の時もあるかもですけど」

「そうですかね……」

「人は、大切な人のためなら多少の無理さえも愛おしく感じるようにできてるらしいです。だから、何が原因だったとしても、ミョーさんは自分を責めたり、菩薩の人との生活スタイルに苦しむ必要はないと思います。知らんけど」

「知らんのですか」

「『知らんけど』って語尾に付けたらちょっと言葉の意味が緩むでしょ。しがない深夜バイターの言葉を信じ切ってほしくもないんで」

　真夜中さんがはは、と笑ったところで、自動ドアが開いた。

「らしゃいませー」とほぼ反射的に真夜中さんが言う。癖付いたものなのだろう。癖になるほどここでバイトを続けていることを羨ましいと思うと同時に、綺があたりまえに来る夜が癖になっていた自分を思いだして、なるほど、とも思った。

　来店したのは真夜中さんと同じくらいか、もしくは少し上に見える男の人だった。まっすぐ飲料コーナーに向かう後ろ姿を見つめる。すると、真夜中さんがこっそり耳打ちをした。

「あの人、常連なんすよ」

「常連さんですか」

「レモンサワー二本と、八十六番の人です。あ、多分レジ来るんで、ちょい待っててください」

　その後すぐのことだった。〝レモンサワー二本と八十六番の人〟は、確かにレモンサワー二本を持ってレジにやって来た。

目が合って、何故か軽く会釈をされたので、私も同じように頭を下げた。

「あと八十六番……を」

「はい」

「……あ、いや。やっぱやめます」

「え?」

「いいです、これだけで」

〝レモンサワー二本と八十六番の人〟が真夜中さんにそう言って、お会計を済ませる。「袋いいです」と、会計を終えたレモンサワーの缶二本を抱えたその人は、何故かもう一度私に会釈をすると、自動ドアを抜けてお店を出た。

滞在時間は二分ほどだった。再び店内が静かになる。

ちらりと真夜中さんに目を向けると、彼も同じように私を見ていた。

「レモンサワー二本だけ、でしたね」

「煙草、買わなかったの初めてすぎて、今ちょっとまだびっくりしてるんですけどおれ」

「煙草、やめたんですかね」

「彼女とか、できたのかもしんないすね。だとしたら良いことです、煙草は身体に悪いから」

「ですねぇ……」

大切な人のためなら多少の無理さえも愛おしく感じるようにできてるらしいです。

脳内では真夜中さんがつい数分前に言ったその言葉が回っている。

〝レモンサワー一本と八十六番の人〟が、煙草を買わなかった原因が大切な人のためにしたことだったとしたら、とても素敵で、それから少しだけ羨ましいと思ったのだ。

だから。

「真夜中さん」

「はい」

「ちょっと、頼まれごとしてくれませんか」

「ああ、まあ、できる範囲なら」

「お礼にこの廃棄のパン、あげるんで」

「いやそれおれがあげたやつっすよ」

「ははは」

「いい性格してますよねミヨーさんって」

「真夜中さんも人のこと言えないですよ、知らんけど」

「ははは」

「笑ってごまかそうとしてます？」

多少の無理さえも愛おしく感じる瞬間を、私もこの目で見てみたかった。

それから二日後の、夕方のことだった。

その日の読書感想文を書き終え、ふう、と一息ついてミルクティーに口をつけた、ちょうどそのタイミングでスマホが鳴った。振動が続き、目を向けると、画面には知らない番号が記されていた。

どくんどくんと心臓が騒ぎ出す。

普段、私に電話をかけてくる人なんて、母くらいだ。連絡を取り合う友達はおらず、解除するのが面倒で放置しているメールマガジン以外で私にメッセージが届くこともない。

そんな私に、連絡をくれる人。思い当たるのは、ただひとりだけだった。

震える指先で応答ボタンを押す。

《あ、あー……マイクのテスト中ー……》

耳にスマホを当ててすぐ、一週間以上聞いていなかった優しい声色が通り抜けた。

「……綺」

《やほ、蘭。なんか緊張する》
「……綺だ」
《うん。や、元気？　生きてるのは今確認できたけど、元気かどうかわかんないから、確認》
「……べつに、ふつうだけど」
《ふつうか。はは、まあ、上等なんじゃん？》
電話の向こうにいるのは綺だ。確かにあの綺で間違いない。
得体のしれない感情がこみ上げてきて、溢れそうになる。

真夜中さんに伝言を頼んだ、二日前の夜のこと。

『もしまた缶コーラの高校生に会ったら渡してください。私の番号です』

『めちゃくちゃ偶然が重なって、菩薩の人以外で缶コーラ買いに来た人に間違って渡しちゃったらどうします？』

『菩薩っぽい顔の人、見抜いてください真夜中さん』

『だいぶ無茶言いますね』

『いいんです。会わなかったら、その時はその時なので』

『おれこういうの、わりと引き強いっすよ』

『頼りにしてます。お礼はします。はい、あの、廃棄のパンで』

『だから。おれがあげたやつなんすけどね』

綺から私のスマホに連絡が来たということはつまり、真夜中さんはコーラ缶を買った菩薩っぽい顔の人とコンビニで無事遭遇できたということになる。

顔も知らない相手に対して伝言を頼まれた真夜中さんも、そんな真夜中さんから突然私の連絡先を受け取った綺も、もしかしなくてもちょっと変だ。

人と人との繋がりはとても単純で、だからこそ、頼りになる時もある。

《なあ蘭。俺、謝んなきゃいけないことがある》

「うん」

《親にバレちゃった。深夜に外出るの、もうだめだって》

真夜中さんの言っていた通りだった。笑って送り出してくれる私の母が普通とは言い難いことはわかっていたものの、いざ他の家庭の普通を目の当たりにすると、母に申し訳ない気持ちも募る。

私がちゃんと高校生をやれていたら、また違ったかもしれない。

どうにもならない後悔は、こうして時々顔を出す。

《もう蘭に会えないかもって思ったらすっげー嫌でさぁ、ダメ元で学校帰りに公園行ったりしたんだぜ。まあ、蘭には会えなかったけど。でも代わりに、コンビニ店員さんが蘭に会ってくれてたから。まーじで奇跡、おめでと俺ら。さすが、こりゃ運命だわ》

電話越しに綺がけらけらと笑っている。

変わらない、少し気の抜けた笑いに、どこかほっとした。

《蘭の連絡先、どうにかして知りたいと思ってたから。蘭が動いてくれて、俺さぁ、すっげー嬉しかったよ》

「……うん」

《照れてんの、蘭》

「……」

《んんん、なんか言ってくんないとさ、無言は肯定だよ。やべー、俺まで恥ずかしくなってきた》

「綺」

《うん、なに？》

綺に、一週間以上言えずにいたことがある。

「……誕生日、おめでとう」

掠《かす》れる声だった。綺がどんな顔をしているかわからないから、余計にドキドキしてしまう。

あたりまえにともに夜を越える仲間になっていたこと。

綺のおかげで私はこの一か月満たされていたのだと実感し、感情が溢れる。

本当は当日に言いたかった。だけど綺が突然来なくなったから、言えずじまいだった。

冷蔵庫の中には、あの日真夜中さんにお会計をしてもらった600mlのコーラ缶がしまわれている。

《おー？　ありがと、恥ず》

「プレゼントも買ってたの」

《うえぇまじか？　サプライズじゃんね》

「……うん。でも、もう夜は来れないんだ……よね」

《あー、まあ、そうな。俺のスキルが上がれば窓から脱出とか》

「ばかじゃん。しなくていいよ。死ぬよ綺」

本当、ばかだ。冗談に決まってるのに、綺は本当にやっちゃいそうな口調で言うから怖い。

夜に会うこと。それは、元はといえば私の生活スタイルに綺が合わせてくれたことで生まれたルールだ。

私に会いにきたという綺と過ごす夜を、いつからかあたりまえに思うようになった。けれど本当は、綺はずっと親の目を盗んで来てくれていた。夜に出歩くことは、綺にとっての普通ではない。

叶うなら健全な時間──太陽が照らす時間に。

「綺って、今は部活してるんだっけ」

《今？　してない。学校終わったらテキトーにぶらついて帰って寝てる》

「明日、の……学校終わり、とか」

《え？》

緊張していた。胸のあたりがぎゅうっと締め付けられているようで苦しかった。

太陽が出ている時間。それはすなわち、〝普通〟の日々の中にいる人たちと同じ時間を過ごすということだ。

「蘭ちゃんまだ学校に行ってないの？」と、近所の人に声をかけられてしまうかもしれない。近所に住んでいないとわかってはいるけれど、もしかしたら、何かの偶然で同級生に会ってしまうかもしれない。

今の私が他人にとってどう映ってしまうのか、想像するのが怖かった。

それでもいつの間にか、綺の過ごす日々をもっと知りたいと思うようになったから。

「ヒマだったら、で、いいから。……いつもの公園、きてよ」

変わらない日々が続いている。毎日読書をして、感想文を書いて、夜になったら家を出て、空を見上げる。同じサイクルで、長い一日を終える。

そんな私でも、まだ変われるかもしれない。

つまらない人生に差し込んだのは、綺麗で美しい、光だった。


「うわ！　コーラ！　お菓子もめっちゃいっぱいじゃん！」

「ごめん、好きなものとかわかんなくて」

「うっっっれしいいいい、ありがとう蘭、うわー嬉しぃ」

「うっ、えっと、……一〇八五円だった」

「照れ隠しに値段言うのやめろ？」

翌日、夕暮れ時。

いつもの公園には、私が知っている景色とはまた違う色が広がっていて、どこか新鮮な気持ちになった。

辺りに人はおらず、私はひそかにほっとしていた。綺以外の人に会うのは、まだ時間がかかりそうだ。

「夕方に外に出たの、久しぶりだ」

「どう？　感想は」

小さく呟いた私の声を、綺はあたりまえのように拾ってくれる。

それだけで、抱える不安が和らいでいくような気がして、心強かった。

「梅雨も完全に明けてきたしなぁ。すっげーオレンジでさ、いいよな」

「……やっぱ、私にはちょっと眩しいかも」

「オレンジって結構目に来る。俺も眩しい、いつも。だから大丈夫だ、みんなだよそりゃ」

「そっか、……みんなかぁ」

「なあ。また、会いたくなったら電話してもいい？」

「しつこかったら着拒する」

「ははっ、容赦ねー」

まだ日が暮れない時間に見た、眩しすぎるほどのオレンジが、私の日常に加わった。

五. 不器用なあの子のたより

暑さゆえのことなのか、早朝に目が覚めてしまった私は、二度寝を試みるも湿気に耐えきれず身体を起こした。

こんなにも早く起きたのはいつぶりか。

不登校になり、深夜の徘徊を日課にするようになってから、朝目覚める時間が、学校に通っていた時に比べて一時間ほど遅くなった。

遅刻だなんだと焦る必要がないところが、不登校の利点だ。とはいえ圧倒的に欠点のほうが多いから、たいして嬉しく思ったこともなかった。

夏の朝は早かった。五時も六時もそう変わらず、部屋の窓からは太陽の光が差し込んでいる。

母はいつも何時に起きているのだろう。

スマホで時刻を確認すると、五時十三分を示していた。

そっと耳を澄ますも、小鳥の気持ちよさそうな囀《さえず》りが心地よく耳を抜けるだけで、人が動いているような音は聞こえなかった。まだ、起きていないみたいだ。

深くは考えなかった。思い立ったままにベッドを降り、音を立てないようにと神経を注ぎ、部屋のドアを開ける。シンと静まり返った家の中に、通常よりやや心拍数のあがった私の呼吸が響く。

ドアは、神経を注いだら無音で閉めることができるらしい。初めて綺と会った夜、きみが言っていた。

あの時はわからなかった感覚を今、身をもって知ることになった。部屋のドアが音を立てることなく閉まり、謎の達成感があった。

2LDKのマンション。部屋を出て、リビングに向かった。

私は早朝に何をしているのか。まるで泥棒みたいで、自分の家の中を動いているだけなのに少しだけ背徳感があった。

テレビ台の横に並列するラックに収納された引き出しの、三段目。

『リビングの、引き出しのとこに入れておくからね』

母の声が鮮明だった。

一年以上、私がその引き出しを開けたことはなかった。近寄ることとすらしたことはない。

基本的に部屋にこもっているから当然と言えば当然のことであるが、月に一度、わざとらしく母に報告されるたびに胸のあたりがざわつくのだ。

朝の気分が特別良かったわけでもなく、ただ、いつもより早く目が覚めて、気づいたらここにいた。

過去と向き合う、もしくはあの子が出てくるような夢を見たのかもしれない。

もしくは、綺と出会ったせいか、真夜中さんと出会ったせいか。

私の生活に変化をもたらしたふたりの影響は少なからずあるだろう。

朝の眩しい光に照らされて、少しだけ、情が湧いただけかもしれない。

私の行動の真意は、私でもよくわかってはいなかった。

【蘭　手紙】

どこまでもわざとらしく、世話焼きな母である。

無地のネームシールにマジックペンで書かれたその文字に、呆れなのか感心なのか、よくわからない笑みがこぼれた。

私には必要のないもの。そう思っているもの、思い込んでいるもの。

引き出しに手を伸ばしそっと引くと、ざっと数えて十枚以上の色とりどりの封筒が広がった。

いちばん上にあったのは、さくらんぼ柄のレトロな封筒だった。その下は空の写真のように見えるデザインの封筒。紙飛行機のイラストが印字された透明なシールで封がされている。さらにその下に行くと、向日葵が印象的な封筒や、ホログラム加工がされたものもあった。

そうして遡っていくと、いちばん古いものにたどり着いた。

淡い紫の、シンプルな封筒。

私宛てにそれが届くようになった、始まりの手紙。

【名生　蘭さまへ】

よく整った、線が細い字だった。封筒を握りしめ、懐かしい気持ちになる。

頭の中がいっぱいいっぱいで何も考えられなくなって、手紙を見ることすらしなかった。友達ではなかった、そう言い切り、消えてしまいたくなった。

そんな、苦しい過去の記憶。

藤原杏未。封筒の裏側には、確かにその名が綴られている。

私たちは、本当に友達だったのか。

本当に、友達ではなかったのか。

カーテンを閉めたままの部屋は、布を透かして入り込む光で十分明るかった。

ともに夏を越えたのは、もう二年も前のこと。最後に顔を見たのは去年の春。マイとシホの後ろで、彼女は俯いて震えていた。

淡い紫の封筒は、アジサイの花のシールで留められていた。震える指先で封を切り、一年以上、この封筒の中に閉じ込められていた三枚の便箋を取り出した。

蘭ちゃんへ
直接伝える勇気がなくて文字に頼ったことを、どうか許してください。

始まりはそう書かれていた。
0.38mmのボールペンで、一文字一文字丁寧に書かれたそれを、時々とどまりながら、私は時間をかけて最後まで読んだ。
朝の光が差し込む中、私はひとり、声を殺して泣いた。


「わりー蘭、遅れた。待った？」

「十分」

「そこは『今着いたとこ』って嘘つくと男ウケはかなり良いんだけど。かわいいし」

「なんで綺にかわいく嘘をつく必要があるんだろ。十分待ったの本当だし」

「たしかしたかし」

「なにそれ」

「確かにの進化系、ユーモア」

「ふうん」

「うはは、全然興味なさそう」

七月下旬、夏休みがせまった夕方のこと。

綺のおかげで少しずつ昼間の光に慣れてきたこともあり、私たちは夕方の公園で落ち合う機会が増えた。

不安が完全になくなったわけではないけれど、綺が隣にいるから大丈夫、と、そんなふうに思うようになったのだ。

ベンチに座る綺にちらりと視線を向けると、白いワイシャツの袖を二回ほど捲《まく》ったその腕には血管が浮き出ていた。

夏の日差しに屈することなく白い肌は健在していて、「日焼け止め塗ってんの？」と聞いたら「塗ってないよ」と返されたので、なんだかムカついて睨《にら》みを利かせると「なにその顔」と軽く流された。

夕方の空気は嫌いじゃなかった。朝ほどの眩しさもなく、夜ほどの冷たさもない。

小さい公園だからか、子供たちが遊びに来る頻度もそう多くはなく、『誰かに見られたらどうしよう』という不安は徐々に薄れていった。

とはいえ慣れ親しんだ深夜の公園に対する安心感は健在で、綺が来れなくなってからも私はひとりで公園に行き、音楽を聴いて、空を見上げて夜を越えた。つまるところ、私は一日に二回、公園を訪れているわけである。

大好きかよ、と我ながら心の中で苦笑した。

「ところで蘭、目が赤いな。泣いた？」

相変わらず見ているな、と思った。

隠すつもりはさらさらなかった。小さく頷けば、「そっか」と短く返される。聞かれなかったら何も言わないつもりだったけれど、綺はきっと気づいてくれるとも、内心少し期待していたのだと思う。

綺は何も言及しない。蘭が話せそうなら、話したいなら、可能な限り教えて。綺の瞳が、そう言っている。

いつだって綺と話す時には、沈黙にさえ安心感があった。

「……今朝、早く目が覚めてね」

「うん」

「なんとなく……本当に、ほとんど無意識でね」

「うん」

「リビングの引き出し、開けた」

「リビング……あ、手紙、入ってるとこ？」

「……うん、そう。一通だけ……最初にもらったやつ、読んだの」

ぽつりぽつりと頼りなく言葉を紡ぐ私の声を、綺はちゃんと拾ってくれる。

リビングの引き出しに保管されている手紙のことを話したのは、まだ梅雨が始まるか始まらないかの時期のことだった。

私が過去に話した内容を覚えていてくれたことを感じ、胸がぎゅっとなる。

今日の早朝の出来事、それから手紙に書かれていた内容を話すと、全て聞き終えたあとに綺はひとことだけ、「頑張ったじゃん」と声を落とした。

泣き出してしまいそうになる気持ちを抑え、「だよね」と掠れた声で返す。

「なあ、蘭」

話し終えて、しばしの沈黙のあと、綺が呼んだ。とても優しく、穏やかな声色だった。

オレンジ色の空を見上げた綺の横顔は、初めて見た時と変わらず美しい造形をしていた。目は合わせないまま、綺は形の良い唇をゆっくりと動かす。どこか物憂げな表情に、どくりと心臓が脈を打った。

「過去と向き合うって、すげー気力がいることだから。自分の人生、そりゃみんなラクして生きたいって思うよ。楽しいことだけしてたいし、やなこと全部忘れてヘラヘラ笑ってたい。でもさ、逃げても逃げても、過去の自分は切り離せないんだ」

「……うん」

「だから、蘭はすごいよ。すごいし、えらい。過去と向き合おうとした、頑張ったよ、すげーよ、天才だ。なあ、蘭。蘭は、逃げることも向き合うことも知ってる。やベーよ、どうする?」

「どうするもこうするもないかもだけどさ」と綺が笑う。

つられて私も笑い、それから泣いた。

グイッと親指で少々乱暴に涙を拭われ、皮膚が擦れる。「痛い」と言えば、「ハンカチ忘れたんだよごめん」と笑われた。

「蘭の進んだ一歩は、蘭が思ってる以上にでかいと思う。変わるよ、ここから。蘭の世界は、今よりもっと大丈夫になる」

「……保証は?」

「ねーけど。でも、わかる。蘭は大丈夫だ」

「大丈夫」という言葉には、信ぴょう性も根拠もない。だから母は、私が不登校になってから一度もその言葉をかけたことはないのだと思う。

いつか大丈夫になること、いつかまた、誰かと絆を築くことを祈っていたとしても、大丈夫なんて曖昧な言葉は一度たりとも言わなかった。

私はずっと、そんな母に救われていたのだ。

では、今はどうだろう。

綺からの、保証のない「大丈夫」がどうしようもなく心に沁みている。綺だから、だろうか。彼はとても適当で能天気だけど、人のことをよく見ているから。変化にひどく敏感だから。そんな綺にもらう言葉だからこそ、こんなにも愛おしいと感じるのだろうか？

「……本当は、もう一生手紙は見ないつもりだった」

「うん」

「でも、なんでだろ。綺と、真夜中さんのせいかな」

「ああ、コンビニの」

「うん。……手紙、本当はずっと読んでみたかったの。何が書かれてるのかは気になって……でも、怖いが勝ってた」

「うん」

「だけど、知らず知らずのうちに、学校に行くだけじゃもらえなかった度胸を手に入れてたのかもしれないや。綺とか真夜中さんと話してると、なんでかわかんないけどすごい気力が湧くんだよね。このままじゃダメなのかもって、無意識レベルで思い始める」

そう言えば、ふはっと笑われた。

「不登校のメリット、羨ましすぎるな」

冗談めかして綺が言う。けれど、それは決して冗談ではなくて、綺の本心が混ざっていたような気がした。

「蘭は、ちゃんと前に進もうとしててすげーわ。誰にでもできることじゃないから」

呟かれたそれに、私はぱっと顔を上げた。遠くを見つめる瞳は、何か昔のことを映しだしているのかもしれない。

綺のことを、私はいまいち掴《つか》み切れていないままだった。

『思いだすのが苦しいことは俺もわかるから』

前に綺は言っていた。綺にとって思いだすこともままならない出来事は、どんなものなのか。

綺にしてもらったみたいに、私も彼の力になりたいという気持ちはあるけれど、踏み込んでいいのかわからなかった。大きな傷だったとしたら尚更、私が簡単に触れて良いとは思えない。

すると、そんな私の心情を読み取ったのか、「なんだよその顔！」とおちゃらけた口調で言われた。

どんな顔をしているのか自分ではわからなくて、返事ができなかった。代わりに、「綺」と小さく名前を紡ぐと、彼は首を向け、視線を合わせた。

「綺には……切り離せない自分が、いるの？」

震える声だった。踏み込み切れず、中途半端に踏み込んでしまったような気もする。

どうしたの、とか、何があったの、とか。もっとわかりやすい聞き方をする度胸があればよかったのにとも思う。それでも、それ以外に聞き方が見つからなかった。

『過去と向き合うって、すげー気力がいることだから。自分の人生、そりゃみんなラクして生きたいって思うよ。楽しいことだけしてたいし、やなこと全部忘れてヘラヘラ笑ってたい。でもさ、逃げても逃げても、過去の自分は切り離せないんだ』

そう思う何かが、過去にあったんだ、きっと。

逃げることは悪いことじゃないって真夜中さんも言っていた。逃げる度胸があることはすごいことだって。

だから綺も、どうしてもつらくて苦しいことがあったなら逃げてもいい。

けれど、それを経験した上で言っているのだとしたら。

「綺に、私はまだ『綺は大丈夫』って言えない。綺のことなんにも知らないから、無責任なこと言えない、から。……でも、もし。もし、綺が立ち止まってしまって、どうにもできなくて、だけど変わりたくてって、……そんな時に、背中を押してあげたいって思う」

めちゃくちゃな日本語でも、今、この気持ちをきみに伝えたかった。

伝えなければいけない、そんな気がしたのだ。

「蘭」

私の必死の言葉を遮って、綺が名前を呼ぶ。強く芯のある声に制されて、その先はもう言えなかった。

「蘭のこと見てると、俺は元気が出るんだよ。無性にな」

「……そうなの」

「そうだよ。多分、蘭が俺とか店員さんを見て気力が湧くのと同じ感覚だと思うんだけどさ。俺は、蘭には笑っててほしい。もちろん悲しい時は泣いてほしいし、苦しい時は苦しいって言ってほしいけど。でも、やっぱさ、蘭にはできるだけ、可能な限り、平和で穏やかな日々の中にいてほしいって思う」

「なにそれ……」

「好きだから、なんかな。こんなふうに思うのってさ」

好きだから。うれしいことを言われているはずなのに、綺と私の間にどこか線を引かれたような感覚だった。

「でも今、蘭にはやることがあるだろ？　まずはそのことだけ考えな」

「でも、綺」

「俺のことはいい。俺は、大丈夫だからさ。それより、蘭がちゃんと友達と向き合って、物語が動いたらまた教えて」

「……」

「俺の話も、いつか蘭に聞いてほしいな」

いつかって、いつ？

綺が私に過去のことを話してくれるのは、心を許してくれるのは、いつなの。

だけどそれは、綺には聞けない、聞いてはいけないような気がした。ぐっと拳を握りしめ、私は小さく頷いた。

綺の変わらない優しさが、この時だけは、とても嫌いだと思った。


「蘭？　今日は行かないの？」

その日の夜のこと。三回のノックのあと部屋に入って来た母は、黙々と机に向かう私にそう声をかけた。

時刻はもうすぐ二十三時を回るところ。

夕飯を食べ終えてから部屋にこもって出てこなくなった私を不思議に思うのも無理はない。一年以上、二十二時から二十二時半の間に家を出て公園に向かう日課があった人間だ。

それが突然なくなったら、なにか心に変化があったと思うのは、当然と言えば当然のことだった。

「何かあったの」も「どうかしたの」も、母は何も聞かない。

私の日常をいつもそばで見守ってくれているからこそ、「今日は行かないの?」という言葉に心配も不安も詰め込まれているような気もした。

椅子を回転させて振り向く。母は、私の机に広がるレターセットの束と、白紙の便箋を見つけたようで、少し瞳の色を変えた。

「ホットミルク、入れようか」

優しさと嬉しさが詰まったような声色でそう紡がれ、私は頷いた。

それから数分後。木製のトレイに、入れたてのホットミルクが入ったマグカップと、個包装のチョコレートをふたつのせた母が戻って来て、それを私の机の横にそっと置いた。

ゴールデンタイムのチョコレートなんて年頃の女の子にとっては天敵だけど、「糖分大事よ」なんて母が笑って言うものだから、今の私にはニキビを気にするよりもずっとずっと必要なもののように思えた。

ミルクチョコレートが舌の上で溶けていく。残った甘味を流すようにホットミルクを口に含むと、なんとなく心が落ち着いた。

机の上に広げた過去の手紙の山。母はいちばん近くにあった便箋に手を伸ばし、何気なくそれを見つめた。ふ、とやわらかい笑みをこぼしている。

「綺麗な字よねぇ」

懐かしむように言われる。中身こそ見ていないものの、差出人の――杏未の、繊細な字を誰よりも知っているのは母だ。

手紙が届くたび、私に報告だけをして丁寧に保管してくれていた。

名前ばかりを見てきたせいもあり、文字の羅列になると余計に杏未の字は整っているのがよくわかるのだ。

「素敵ね」

そう呟き、母は私の肩にぽん、と手を乗せる。たったそれだけのことに、心臓が締め付けられた。

もし、私の母が母じゃなかったら。

何度そんなことを考えたことか。綺や真夜中さんだけじゃない。なにより母が、弱かった私を包み込んでくれたから。自由を与え続けてくれたから。

だから私は、素敵な出会いを見つけることができた。自分のことを空っぽだと思う時間が減った。その代わりに、私について、考える時間が増えた。

そして、今も。

「……お母さん」

「うん？」

「友達って、二回目、あるかな」

どうしてそれを母に聞いたのかわからない。不登校の私を受け止める包容力がある母がどう考えるか、純粋に知りたかったのかもしれない。

肩を叩《たた》いていた手が止まった。ぱっと顔を上げると、母のブラウンの双眸と目が合った。

「あるわよ」

母は、しっかりとそう言い切った。まっすぐすぎて言葉に詰まるほど、それは鮮明な音だった。

「二回に限らずね。気持ちがあるうちは何度だって、人は繋がりを求めていくものでしょ。楽しかった思い出、誰だってそう簡単に手放したくないものなのよ」

「……そっかぁ」

「蘭も、そうなのよ、きっと。どうでもいいことほど、忘れるのって簡単なの。苦しいとか辛いとか、たとえば負の感情でも、相手に何かしらの気持ちを抱くってことは、忘れられないことの証明だから」

「証明……」

「手紙の……杏未ちゃんも。蘭のこと、忘れられない――……忘れたくないのかもしれないよ」

視線が移り、積み重なった便箋の束に向かう。

私のことを忘れられないから、忘れたくないから、この一年、毎月欠かさず手紙を送って来たとしたら。

「若いってのは、それだけで武器だからね、蘭」

母の常套句が、やっぱり好きだ。

杏未へ

返事が遅くなってしまいごめんなさい。それから、文字に頼ったことを、どうか許してください。

手紙をずっと送り続けてくれてありがとう。私はずっと杏未からも現実からも逃げ続けていました。一年前、初めて杏未から手紙が届いた時、とても怖かったです。

これまでずっと言えなかった私の悪いところや嫌いなところを書かれているのでは

ないかと不安でした。見ることができなくて、封を切ったのは今朝のことです。ずっと向き合うことができなくて、本当にごめんなさい。

手紙の中で、杏未はたくさん謝っていたけど、杏未だけが悪いことではないです。私の弱さとか、よくない部分とか、タイミングとか、そういうのが全部重なってしまったような気もします。でも、自分だけが苦しかったのだと思うのはやめました。ずっとずっと、ひとりで引きこもっていてごめんなさい。

ラインを消してしまってから、杏未と繋がる手段を自分で断ち切っていました。向き合うことから逃げたのに、杏未から手紙がいつか来なくなるかもしれないことも怖いと思っていました。月に一度、封を切らない手紙がリビングの引き出しの中で保管されていくことに、私も同じ時を過ごしている気持ちになれていたのかもしれません。わからないけど。

××××××@××××××.com

080-○○○○-△△△△

私のメアドと電話番号です。もしいつか、気が向いたら、ここに連絡をください。気が向かなかったらその時はその時です(私もずっと手紙の返事をしていなかったの

で人のことは言えない）
それから、参考程度にもうひとつ。
夕方か、夜（だいたい二十三時以降）、うちの近くにある公園に、ほとんど毎日います。私にとって、とても大切な場所だから。気が向いたらでいいです。私はそこで、いつかを待ちわびて待ってます。

名生蘭

p.s.
レターセット、めちゃくちゃかわいいです。特に七月に送ってくれたクリームソーダ柄のやつと、十一月の絵の具みたいなデザインのやつ。どこで買ったのか、もしよかったら教えてほしいです。

「らしゃいませー……あれ。菩薩くん」
「その呼び方やめてくださいよ」
「ミヨーさん、今日は来てないすよ」

「ああ、はい。公園にも、今日は来てなかったんで。蘭は、ちゃんと前に進もうとしてるから。忙しくなるんじゃないですかね」

「ふうん。つか今日、どしたんすか。菩薩くん、親に深夜徘徊見つかったんでしょ」

「ああ、まあそうなんすけど、成功したんすよ今日は」

「そりゃめでたいすね」

「無性にコーラ、飲みたくて」

「はあ、なるほど」

「あと、無性に、星が見たかったんで」

「星っすか」

「はい。星、好きです?」

「いやー、まあ、綺麗だと思います。詳しくないけど」

「はは、ですよね」

「あの、菩薩くん」

「はい?」

「なんでそんなに泣きそうな顔してるんすか?」

六. 追い風は雨の中

「やえちゃん、鬱になったんだって」

風に乗って流れてきた噂《うわさ》を耳にしたのは、中学一年生の終わり、春休みのことだった。

西本《にしもと》やえ。俺の、四つ上の幼なじみだ。

その噂を聞いた当時、彼女は高校二年生だった。

「大丈夫かしらね……。あの子、昔から繊細だったでしょう」

「うん」

「綺、最近会ってないの？　やえちゃんの話、何も知らなかったのかしら」

「うん」

「鬱って、ねぇ。若い子でもなりやすい時代になったのねぇ」

「うん」

「やえちゃんのこと、気にかけてあげなさいね」

「うん」

「あら、もう十七時だわ。綺、夕飯何がいい？」

四年前のあの日のことを、俺はいつになっても鮮明に思いだしてしまう。

心のこもってない返事に、母は気づいていただろうか。

西本やえが鬱になったという事実を、俺が内心どんな気持ちで聞いていたかなんて、きっと誰も知らないし、知ろうとすらしないことなのだと思う。

病気とは己の証明である。

やえは心の病気になった。薬がないと眠れないらしい。何をするにも億劫《おっくう》で、自分には何もないと感じる。死にたい、消えてしまいたいと、毎日のように思うそうだ。

俺はそんな繊細そうな彼女を、羨ましいと思っていた。

俺の母はよく喋《しゃべ》る、とても世話焼きな人だった。父は温厚で優しい人で、二つ下の妹もまた、父によく似て優しく大人しかった。

平和な家庭に生まれた。丁寧に育てられた。愛されていた。俺と妹に、平等に愛を注いでもらった。

一方、やえはそうではなかった。

両親を幼い頃に事故で亡くしていて、親戚の家を転々としていた。俺が小学三年生の時、向かいのマンションに越してきたのだ。

母は、やえが帰ったあと、「なんだか繊細そうな子ね」と言っていた。それがどういう意味だったのかは、当時の俺には理解できないことだった。

センサイソウ。やえは、センサイソウな女の子らしい。だから優しくしてあげなければならない。

四年後にやえが鬱になることを予想していたかのような言葉だったなと、思いだして笑えた。

所詮、他人事。俺だって、本当は出会った時からずっと、彼女のことをどうしようもない羨望の瞳で見つめていたのかもしれない。

小学三年生の時だ。引っ越しのあいさつ回りで来た時に、やえの顔と名前は知っていたけれど、初めて話したのはそれから一か月後の、夕暮れ時の公園でのことだった。

「なぁなぁ、学校行かないの」

小学校の裏にある、滑り台とブランコしかないこぢんまりとした公園で彼女を見かけた。小学生の下校の時間帯だった。

制服を着た中学生がその時間に公園にいるのは少しばかりおかしなことで、好奇心旺盛だった俺は、深く考えることもせず彼女に声をかけたのだった。

やえは、転校生だったこともあってか学校にうまく馴染めていないようで、「学校には行かない」と短く答えた。

スカートの上で握りしめた拳が震えていることに気づき、彼女がなにかに脅えていることはすぐにわかった。

「そっかぁ。そういう時、俺にもある。行きたくないならしょうがないよ。やえちゃん、センサイソウって、うちのお母さん言ってた」

「……それはきっと、悪口なんだよ」

「悪口って、悪い言葉だろ。俺には、そうは聞こえなかった」

「きみは……綺くんは、幸せそうでいいな」

やえの目にはいつだって光がなかった。

綺くんは幸せそうでいいな。当時の俺は今よりずっと純粋でまっすぐに生きていたから、やえの言ったそれが皮肉だなんて少しも疑わなかった。

「やえちゃんは、幸せじゃないの？」

だからこんなにも簡単に言葉が吐けたのだ。

やえが幸せじゃないのは、この街に来てから友達ができないせいだと思っていた。

俺の問いかけに、やえは「わからない」と言った。俺は、やえの回答こそが「わからない」と思った。

「……わかんないの。でも、生きるのはずっとつまらない」

「そうなの？」

「誰もわたしのことなんか見てないし興味ないって思うのに、みんなどうせわたしのこと嫌いで、死ねばいいって思ってるんだろうなっても思うの」

「そうかなぁ。死ねとか思わないけどな、フツウ」

「綺くんは、優しいね」

死ねとは思わないと言えば、やえは俺を優しいと言った。俺がこれまで関わったことのないようなタイプで、少しだけ、苦手だと思った。

繊細なやえと、幸せそうな俺。馬が全然合わなくて、正直話すのはそこまで楽しくなかった。

それでも、俺がやえを放っておいたら、彼女は本当に死んじゃうのではないかと思ったから。

学校に行かなくてもいい。つまらない人生でもいい。

それよりも、人が死ぬのはとても不幸で悲しいことだと、小学生なりに俺はそう思っていたから。

「やえちゃんが死んだら悲しいよ」

「優しくしなくていいよ。気遣わないで」

「気遣うとかじゃない。一回死んだら、もう二度と会えなくなるのが悲しいから。やえちゃんのこと、俺はまだなんにも知らないから、せっかく近所にいるのに悲しいなって思ったんだよ」

「……」

「生きてて楽しいこと、多分、俺とやえちゃんが知らないことがきっとたくさんある気がする」

「……綺くんは変だよ」

「やえちゃんは、センサイソウだ」

「だからね、それは悪口なんだよ」

「やえが少しでも笑って生きていられるなら、と可能な限り彼女のそばにいることを決めた。

やえはとても不安定だった。

病院で正式にそれが病気だと証明されたのは彼女が高校二年生の時だったけれど、出会った時にはすでにそうだったのではないかと思う。

時代は日々進化している。俺たちですら、「懐かしい」という言葉を多用するのが普通だから、どうにもできないことだった。

「誰が嫌いとかダメとかじゃないのに、何もかも突然嫌になる時がある」

やえがよく言っていた。俺にはその感覚がわからなかったけれど、自分のことを話す時、彼女は必ずと言っていいほど涙を流すから、自分じゃもうどうにもできないことなんだろうなと思っていた。

俺と出会った年の冬、やえは完全に不登校になった。

行きたくないのならしょうがないと思う。俺だって朝どうしても起きたくない時があるし、金縛りにあったみたいに、身体が布団を離れようとしない時もある。

けれど、やえの言葉や行動に軽々しく「わかる」と言ってはいけないような気がしていたから、共感はしなかった。

代わりに、根拠もなく、「大丈夫だよ」と言った。無知でバカな小学三年生だった、俺なりの気遣いだった。

「綺がいなかったら、わたしはきっと今もひとりぼっちだった」

それは、やえの口癖だった。

人に感謝されるのは好きだった。俺という存在が必要とされている気がして、心地が良いから。いつだって、得体のしれない何かに認められたくて生きている。

思い返せば、俺はあの時からずっとそんなしょうもない生き方をしていたらしい。

他人を怖がるやえより、俺のほうがよっぽどビョーキじゃないかと思うほどだった。

それに気づいた時、あまりにくだらなくて、心底自分が嫌になった。

やえを受け入れたのは俺だ。やえのそばにいることを決めたのも、やえを放っておかなかったのも、やえを甘やかしたのも、全部俺が勝手にしたことだ。

やえと一緒にいる時間が増えた。同級生には何度も「あのねーちゃんと付き合ってんの？」とからかわれ、俺はそのたびに「そういうんじゃないよ」と答えた。

月日が経つごとに、俺がやえのそばにいることは周囲公認の関係となり、やえはだんだん、〝弱いところ〟を俺にたくさん見せるようになった。

俺といると心が安心して、夜はよく眠れるそうだ。

やえは不登校のまま中学を卒業し、通信制の高校に通うことになった。人と直接関わる機会が少ないから、精神的なストレスは中学時代に比べて減ったようで、彼女の顔色は明るくなった。

けれどその代わりに、俺の心はぼろぼろと欠けていくようになった。

「綺、最近あんまり来てくれないね」

「うん、部活があって。ごめんね」

「わたしのこと、どうでもよくなっちゃったのかと思った」

「……そんなこと、思ってないよ」

中学生になり、俺は天文部に入った。星が大好きで、天文部に入れば綺麗な星をたくさん見れると思ったから。

深く考えないまま入部して、価値観の相違に打ちのめされ、ひとりでいる時間を欲していることなど、俺の学校での様子を知らないやえが知るはずもない。

やえの、俺に対する安心感というのは尋常ではなくて、依存に近かった。一種の呪いのようなものにも思えていた。

中学一年生。思春期かつ反抗期真っ只中《ただなか》だったこともあってか、やえと会う時間がだんだん億劫になっていった。

それでもやえは、何も知らない顔をして、「綺に会いたくて来た」といって家に来るし、「明日は何時頃来る？」と電話をしてくる。

やえは俺が差し伸べた手のひらを握り続けていただけで、何も悪くない。

ただ俺が、無知なまま彼女の心に触れてしまったのがいけなかったのだ。

生半可な気持ちで、無責任な言葉をかけて、そうやってやえを安心させ続けてきたことを後悔した。

学校に行けばやりたくもない勉強をしなければならなくて、放課後は蘊蓄ばかり垂れ流す部員たちに紛れ、星の勉強をしなくちゃいけなくて。

それで、帰ったら繊細なやえに会う。

全部面倒で、全部投げ出してしまいたくなった。

つかれた、もういやだ、何も考えたくない。

ひとりになりたい、ひとりにしてほしい。

いつかのやえが言っていた、『誰が嫌いとかダメとかじゃないのに、何もかも突然嫌になる時がある』というその感覚が、その時初めてわかった。

やえは悪くない。天文部の部員に関しても、それが本来あるべき天文部のあり方なのだから、俺がわがままなだけだった。

誰も悪くないのに、何かのせいにしてしまいたくなる。

感情がごちゃ混ぜになって、無性に泣きたくなって、ひとり部屋にこもって、俺は泣いた。叫んだ。部屋中の物を投げて、感情に身を任せるままに暴れた。

俺のことを知っている人がひとりもいない世界で、穏やかに呼吸がしたかった。

それから、やえと顔を合わせなくなった。会ったらひどい言葉を吐いてしまいそうな気がして、そんな自分を見つけたくなかったのだ。

部活は辞めた。東北に住んでいるばあちゃんの家は山の中に建っているから、そこに行けば、立派な望遠鏡や機械を使って観察するより、ずっとずっと綺麗に星空が見えるような気がした。

人って簡単に壊れちゃうらしい。

若い子は特に繊細な人が多いって、やえに対してに限らず、テレビを見ていた母が少し前に言っていた。

俺は壊れる前に、ちゃんと自分でコントロールできた。だから大丈夫、俺は、まだ。

心の病気は診断が難しいと聞くし、何より、病院に行かなくたって心が危険な人はたくさんいるから。必ずしも人には病名がつくわけではないのだ。

俺は日之出綺。中学生になって少しだけ心が弱くなっただけの、健全で健康な男。

弱っても自分で解決できる。人に余計な心配をかけずに生きていける。全部投げ出したくなっちゃう前に自分から手離すことを覚えた。俺の心が死んじゃったら元も子もないから、と。発言と行動の根拠は俺自身だった。

「やえちゃん、鬱になったんだって」

だから、病気という証明を得たやえが、とても羨ましかった。

やえが病院に行ったきっかけは、やえの不安定さをみかねた叔母さんがカウンセリングを受けさせたことらしい。

「綺はわたしがダメだから会いに来なくなったの？」

「綺は今日も来ないの」

「綺に会いたい」

「綺がいないならもう死にたい」

俺がやえから離れている間、やえはまるでひとりごとのようにそう呟いていたようだった。

「大丈夫かしらね……。あの子、昔から繊細だったでしょう」

「綺、最近会ってないの？　やえちゃんの話、何も知らなかったのかしら」

「鬱って、ねぇ。若い子でもなりやすい時代になったのねぇ」

「やえちゃんのこと、気にかけてあげなさいね」

そんなの、無理だ。やえのことを今更気にかけるなんて、もう俺にはできない。やえは鬱病だから、周りがたくさん優しくしてくれる。俺じゃなくてもいい。俺がいなくたってやえは――なんて。

やえは、最初から全然「大丈夫」なんかじゃなかったのに。

その後すぐ、俺は父親の仕事の都合で引っ越すことになった。

やえを避け続ける理由ができて、どこかほっとした。毎日のように、やえに会った時に言う言葉を考えていてノイローゼになりそうだったからなのかもしれない。

やえに関する全てが、ただ、苦しかったのだ。

彼女が今、どこでどうしているのかは知らない。

俺が最後にやえに会ったのは中学一年生の時だ。あの時から、俺が持っているやえの情報は更新されないまま、俺の中に残り続けている。

五年経った。五年も経ったのに、俺は何も変われないまま、あの日から立ち止まったまま今日まで生きている。

やえにしてやれなかったこと、してしまったこと。中途半端に逃げ出してしまったこと。ぽっかり空いてしまった空白は、今もどうにもできないまま時間だけを刻んでいる。

公園で蘭を見つけたのは、本当に偶然だった。

家族で出かけた帰りがたまたま遅くなって、家に帰るのがすっかり遅くなってしまったのだ。

蘭が同じ住宅街に住んでいることすら知らなかった。引っ越してきたのは中学一年生の時だったけれど、その地域は学区内に中学校がふたつあったので、蘭とは別の学校だったのだと思う。

高校生になってからは、公園とは無縁になり、部活にも入っていなかった俺は毎日友達と学校に残って喋ったり、街をぶらついたり、家でゲームをしたりして過ごした。

そんな生活をして三年目に突入した時のことだったので、同じ学区内で見たことがない女の子がいることに疑問は抱かなかった。

車窓から見えた蘭の姿に、気づいているのは俺だけだった。家族は一日の終わりということもあり疲弊していたのか、運転席に座る父と俺以外は皆寝ていた。

父も淡々と運転をこなすのみで、見慣れた住宅街の景色を見ることもなかった。

両目の視力は2．0。夜の暗さが邪魔をしていたものの、どこか憂いを纏った彼女の姿が、脳裏に焼き付いて離れなかった。

その二か月後、また同じような理由で公園の前を通った時、蘭を見つけた。

時刻は二十二時半過ぎで、夜にひとりで公園にいるなんて怖くないのかな、と純粋な疑問を抱いた。

高校の同級生たちと去年の夏に肝試しをしたことがあったけれど、俺の知っている女子はみんなお化けが怖いとか暗いのは無理とか、そう言っているのが普通だったから、平気な顔して夜の公園にいる蘭が不思議に思えた。

それから二回、同じ時間帯に見かけた。

もしかしたら毎日いるのではないか。夜が好きなのかもしれない。

俺が、空や星を見て漠然と心が救われるのと同じで、彼女にとっての夜の公園がどこか特別な存在なのではないか？

時折空を仰いで息を吐く姿が印象的だった。

何か悩みを抱えているのではないだろうか。もしくは、夜は感傷的になりがちだから、冷たい風に当たって冷静になりたかったとか、そういう理由も考えられる。

あの子は何故、夜の公園にひとりでいるんだろう。

真相は定かではなかったが、俺は確かに、彼女に興味があったのだ。

話がしたい。俺を知らない彼女と、俺ときみの話を、してみたかった。

家族に見つからないように部屋を出て、感情の赴くままに公園に向かった。

「なあ、深夜徘徊不良少女」

小学校の裏にある、滑り台とブランコしかないこぢんまりとした公園で彼女を見かけたあの時と、どこか似ている感覚だった。

リベンジがしたかったわけじゃない。やえに対する後悔を、新しく埋めようとしていたわけでもない。

違うんだ、そうじゃなくて俺は。

蘭を見て、ぽんっと頭に浮かんだ言葉を口にして、気づいた。

「夜は、ひとりじゃ寂しいからさ」

俺はずっと寂しかったのだ。

やえに声をかけたあの時も、そうだったのかもしれない。

大勢の中であまり興味のない話にわかるふりをして頷いたり、流行っているテレビや漫画を見たりするだけじゃなくて、俺は、俺の話も聞いてほしかったのだ。

一対一で、互いを理解できるような、そんな存在がほしかった。

本当の俺を閉じ込めている気がして、寂しかった。

小さい時から俺は俺のままなんだなと、今更漠然とした気づきを得たことになんだか笑えた。

やえにもあの時、こんなふうに素直に声をかけることができていたら。

自分をちゃんとわかった上で寄り添えていたら。

そして俺にも、こんなふうに話しかけてくれる人がいたら。

なりたかった自分への憧れと願望、それから単純な好奇心が混ざり合って、蘭への興味に繋がった。

いつの間にか俺は自惚れていたらしい。

蘭といる時の自分が、いちばん好きだと思えた。自分が何者かになれているような気がしていた。誰かを正解へと導く、神さまにでもなった気になれた。

「俺のことはいい。俺は、大丈夫だからさ。それより、蘭がちゃんと友達と向き合って、物語が動いたらまた教えて」

「……」

「俺の話……いつか、蘭に、聞いてほしいな」

蘭が前に進むことは嬉しい反面、それは焦りにも繋がっていた。

俺だけがずっと立ち止まっている。どうにもできないと諦めて、過去と向き合うことを避けている。

いつかがいつまでも来ませんように、と。

「あの、菩薩くん」

「はい？」

「なんでそんなに泣きそうな顔してるんすか」

俺だけがずっと置いて行かれているみたいで寂しくて、苦しくて、消えてしまいたいとすら、思った。

久しぶりに、夜を越えるために外に出た。

夜の空気に触れるのは一週間ぶりなのに、毎日の日課だったせいか、少し離れただけでもこんなに恋しくなる。

夜をこんなにも好きになったのは、確実に綺の影響だ。ベンチに座り、ぼんやりと空に惚ける。

星が、その日はとてもよく見えた。

夜に出歩くことを家族に禁止された綺とは、日中に会うことが増えたものの、ここ一週間は「補習があって時間取れない」と言われていて、全く顔を合わせていなかった。

世の高校生は期末テストを終え、いよいよ夏休みに入ったらしい。

綺の学力については中の下、もしくは下の上あたりだと聞いていたので、補習対象で夏休み早々に学校に行かなければならない事情も頷けた。

しかしながら、綺に会っていなかった理由は補習だけではないような気がしていた。というのも、杏未からもらった手紙を初めて読んだ日のことを思い返すと、あの時の綺はどこか元気がなくて、泣き出しそうに見えたからだった。

変わらない優しさがとても苦しかった。

いつか聞いてほしいというくせに、綺は私に自分の話をする気はなさそうで、まるで線を引かれたみたいに寂しい気持ちになった。

「蘭、ごめん待たせた」

かけられた声に、空から視線を移す。一週間ぶりに顔を合わせて、感情がこみ上げた。

いつからなのか。もうずっと、綺の顔を見るだけでどうしようもなく泣いてしまいそうになる。

綺は夜がとても似合う人だ。夕暮れ時のオレンジも似合うけれど、初めに会ったのが夜だったせいなのか、綺には夜の暗さや涼しさのほうがしっくりくる。

私の隣に腰を下ろした綺が、手にぶらさげていたコンビニの袋からコーラを取り出す。今日もやっぱり600mlの缶だった。

「真夜中さんとこで買ってきたの？」

「うん」

「元気だった？」

「うん。蘭が一週間来てないこと、ちょっと心配してた」

「そっか」

「うん」

短い会話だった。真夜中さんが働くコンビニには、どうしても夜にしか用がないからこの一週間一度も顔を出してはいなかったけれど、心配してもらえていたのかと思うと、申し訳ない気持ちと同時に少し嬉しい気持ちもあった。「今日帰りに寄ってく」と言えば「そうしな」と言われた。

「てか蘭早いな。まだ二十二時よ」

「どうせ、暇だったから」

「とか言ってー。俺に早く会いたかったから、とか」

「……」

「嘘だよ、そんな嫌そうな顔すんなや」

「……」

「ごめんて……」

「……そうかもね」

「う？」

「はやく会いたかったからかもね。知らんけど！」

知らんけど。そう言ったらなんでも曖昧になって責任感が薄れる、みたいなことを前に真夜中さんが言っていた。

今使うのはずるいかもしれない。だけど私も、「知らん」のだ。早く会いたかった。そう思う理由の正解を、まだ知らない。
昼間、綺から電話があった。
《今日、夜行けそう》
私は変わらず読書感想文を書いていた時で、思わぬ内容の電話に、「あ、そうなの」と、感情が死んだみたいに端的な返事をすることしかできなかった。
《親が忌引でいないんだ。妹も友達の家泊まるって言ってて。だから、夜出れるよ》
「そうなのか」
《そうです。夜だな、蘭》
「うん」
《俺らの時間だぜ、久々に原点》
「……うん」
《緊張してやんの》
電話越しに綺が笑っているのが聞こえる。《じゃあまた夜にな》と言われて電話を切ったあと、緊張している事実がじわじわと心を侵食していき恥ずかしくなった。
私の物語が動いたら教えてほしいと、そう言ったのは綺なのに、会えないんじゃどうしようもないじゃないかと思っていた。電話をしようにも、長電話をするのは性に合わないし、声だけじゃ感情が伝わりにくいとも思っていた。

そしてなにより、私は通いなれた公園で綺と会うのが純粋に楽しみだったのだ。

「素直すぎてこえーよ」

「……うん」

綺がプシュ、とコーラの缶を開けながら困ったように笑う。

照れているのか、なかなか目を合わせようとしないから、顔を覗き込むようにして無理やり視界に映り込むと、慌てたように「ばっっ……かなのか蘭は」と言われた。ばかじゃない、わざとだ。身体を揺らした反動で、地面にコーラが零れる。そのうちアリが湧きそうだ。

「ねえ、綺」

「うん」

「あのね」

「うん」

「……あのね、聞いてほしいことがあってさ」

「うん。ちゃんと聞いてるよ」

ふたり分の呼吸が落ちる夜は、とても静かだった。

満天の星が輝いている。この空をきみとともに見たかったのだと、空を見つめながら思った。

すうっと大きく深呼吸をして、「綺」と彼の名前を呼ぶ。

いつ呼んでも美しく、響きが整った名前だ。とても、好きだと思う。

「杏未と、会ったの」

私の物語が動いた。一行たりとも読まずに避けて来たページを開いたのだ。

綺に、いちばんに話をしたかった。

それがたとえ、綺の心を置き去りにしても。

一昨日のことになる。私のスマホに、身に覚えのない番号から電話がかかって来たのだ。

《……も、もしもし、蘭ちゃん》

杏未からだった。私より幾分か高くてやわらかい声色。

最後に聞いたのは一年以上前のことになるけれど、記憶に残る声と変わらないそれに、胸がしめつけられた。

杏未の声は震えていた。そして、私の声もまた、情けなく震えていた。

蘭ちゃん、杏未。その呼び方を何度懐かしんだことだろう。

毎月手紙が来るたび、私は杏未の存在を避け続けた。

どうでもよいと割り切れる人だったら、きっとこんなに苦しくなかった。割り切れなかったのは、杏未が私にとってマイやシホよりもずっとずっと大切な存在だったから。

本当は、不登校になる前に杏未に手を差し伸べてほしかったと思っていた。大切に思っていたのが自分だけではなかったと実感したかったのだと思う。

「……杏未」

《蘭ちゃん》

「あみ……杏未」

《うんっ、蘭ちゃん……っ》

名前を呼ぶことしかできなくなるほど、頭が真っ白になった。

手紙に番号を記載したのは私で、かけてきてほしいと思っていたのも確かだったけれど、いざ本当にかかってくると手も声も震えて、感情が高ぶって言葉に詰まってしまう。

私は彼女に言いたいことがたくさんあった。謝りたいことも、聞きたいこともたくさんあったのだ。学校に通えなくなる前に杏未とやり残したことも、未来のどこかで一緒にやりたかったことも、数え切れないほどある。

あの時、もっとちゃんと話し合えばよかった。

私たち、お互いの心をもっと共有するべきだった。

まだまだ私たちは青くて、これからも未完成なまま生きていかなくちゃいけない。

お互いの足りなかったところを補い合って、時々ぶつかり合いながらやっていくしかないんだ。

《杏未……っごめ、ごめんねぇ……っ》

若いとはつまり、武器である。

何度でも失敗して、後悔して、自分の中に残る感情を行動原理にするのだ。

相手に何かしらの気持ちを抱くことは、その相手を忘れられないことの証明だから。

自慢の母が、そう教えてくれた。

私はずっと、杏未の目を見て話がしたかった。

電話を切ってすぐ、学校終わりの杏未と昔よく一緒に訪れたカフェで待ち合わせをした。

先に着いたのは私のほうで、杏未が来るまでそわそわして落ち着かなかった。

私が到着してから十分ほどして、懐かしい制服に身を纏う杏未がやって来た。

仲良くしていた頃は、私と同じように黒髪のロングヘアーをしていたけれど、一年半ぶりに見た彼女は髪を顎のラインまで切っていて、記憶にある雰囲気とはがらりと変わっていた。

席に着き、それぞれ飲み物を頼んだあと、先に口を開いたのはどちらだったのか。かつての親友と会うことが、そんなにも緊張することだったなんて知らなかった。電話を貰った時と同じくらい頭は正常には働いてはおらず、何から話をし始めたかも定かではない。

それでも確かだったのは、私と杏未は、抱えている後悔が同じだけ大きかったことだった。

気づいたら私たちはオレンジに染まった空の下を歩いていた。

カフェでどんな会話をしたのか、自分が話したことはひとつも思いだせなかった。楽しい時間というのはあっという間で、綺と越える夜と同じくらい、時の流れが速かった。

瞼が少しだけ重くて、鼻が詰まっていた。泣いたせいだ。杏未も同じだったと思う。お店の中だったから泣くに泣けなくて、ふたりで涙をこらえながら話した。

「蘭ちゃん、今日はありがとう」

「うん」

「少しずつでいいから、……また、前みたいに一緒に過ごせたら嬉しい」

「うん。……あたりまえじゃん」

高校三年生の夏。ぽっかり空いた一年半の過去はもうどうすることもできないけれど、青春はまだまだ終わらない。残された高校生活を、今度こそ後悔なく前を向いて歩いていきたいから。

あたりまえに一緒に過ごせることを、私は心から願った。

「学校はまだ行けないかもなんだけど……でも昼間は、週に一回でも良いから杏未と会うことになった」

「うん、そっか」

「うん」

「頑張った頑張った、えらいぜ蘭」

全てを話し終えると、綺はいつものまっすぐな言葉で褒めてくれた。

夜と綺の組み合わせは、私にとって最強だ。

静かで、穏やかで、とても優しい時間が流れる。

私の進んだ一歩は、私が思ってる以上に大きかった。私の世界は、前よりももっと大丈夫になる。保証はなかったけれど、綺はそう言って私の背中を押してくれた。

「大丈夫に、なったのかな、私」

「なった。すげーよ、蘭は。すごいんだ、もっと自分を褒めていい」

「あや……」

「うん」

「私……頑張った……?」

「うん、頑張った。頑張ったよ蘭」

「……そっか」

「うん、そーだよ」

綺からの言葉が欲しかった。他の誰でもない綺に、私は褒めてほしかった。

何度綺の前で涙を流したかわからない。そのたびに、零れた雫を拭ってもらった。

今日はハンカチを持ってきていたようで、タオル生地のやわらかい感触が頬をかすめた。

「綺……ありがとう」

「うん、どういたしまして」

ふたり分の呼吸が夜に落ちた。

綺。あなたは、私のことを見ていたら元気が出るんでしょう? 私が頑張ったら、綺も変わりたいって思うのかな。

綺の過去に、私はどうしたら寄り添うことができるんだろう。

考えてもわからなくて、涙を拭うハンカチにそっと手を伸ばす。指先と指先が不意に触れ、綺がぴくりと肩を揺らした。

「綺」

「なに？」

私も、きみの力になりたい。きみに絡まる過去の糸を、どうにか解いてあげたい。だけどまだ、私にそんな力はなさそうだから。

「……焦らなくていいよ」

「え？」

「どうにもできないことって、あると思うから。だから、焦らなくていい」

私は、弱いきみも強いきみも、全部受け止めたいと思うのだ。

「私は綺が何を抱えてるのかとかわかんないから、すごく無責任になっちゃうかもしれないんだけど。でも、でもね。必ずしも過去と向き合うことが必要だとは思わないから。話せる時が来たら、その時は全力で聞くけど、一生言わないままでもいいし。無理して変わらなくたっていいんだよ」

立ち止まることもまた勇気。

自分の無理な範囲を自分で感じて逃げることも時には必要なのだ。立ち止まって休むことは、誰かに非難されるようなことではない。

空っぽで、変われずに夜の徘徊を続けるどうしようもない私に、いつかの真夜中さんが教えてくれたこと。

それはきっと、私だけに言えることではない。

「だから、大丈夫じゃないのに『大丈夫』なんて言わないでよ」

綺の優しさに、もう苦しさは感じたくはなかった。

「綺は私に、苦しい時とか悲しい時はそう言ってほしいって言ったけど……私も綺に同じこと言う。無理なことは無理なままでいいと思う。杏未が手紙を出してくれなかったら私は今も立ち止まったままだった」

「……そんなことねーよ」

「綺が可能な限り平和な世界の中にいてほしいんだよ」

これを恋と呼んでいいのかわからない。それでも、綺が私にとって大切な人であることに変わりはないから。

何も事情はわからないけれど、それでも綺には、これからを平和に生きていてほしかった。

「……ありがと、蘭」

「うん、いいよ」

「蘭のそういうとこ……好きだ」

自分の気持ちを確かめるみたいに、綺のひとりごとのような告白がぽつりと落ちる。

星が、とても印象的な夜だった。

七．大人にはまだならない

「文化祭？」

「うん！　一緒に行かない？」

八月中旬、昼下がり。家から歩いて数分のところにある公共図書館で落ち合った私に、杏未はかわいらしくそう聞いた。

一般的に、高校三年生というのはとても大事な時期だ。

杏未は隣の県の大学を推薦枠で受験するらしい。勉強自体はさほど大変ではないけれど、面接練習などで、夏休みも学校に行く機会が多いと言っていた。

そんな中で、時間を合わせて私に会いに来てくれている。

週に一回会うようにしないかと提案してくれたのは杏未だった。「蘭ちゃんとの時間、大切にしたいから」と照れくさそうに言うから、私までつられて照れくさくなった。

夏休みということも相まって、図書館の中は学生の姿が多く見られた。

同じ高校に進学した同級生は私と杏未しかいないということもあり、中学校の学区内にある図書館を利用する人の中に、記憶にあるクラスメイトや知り合いの姿は確認できなかった。

外に出ることに抵抗こそもう感じないものの、公共の場所となると同級生と会うリスクが高くなるわけで、つい俯きがちになってしまう。

図書館に入る前にぽつりとそんな弱音を吐いた私に、杏未は「これ貸したげる！」とブルーライトカット眼鏡を貸してくれた。首をかしげると、「眼鏡ってすごいんだよ！」と杏未が語り始める。

「眼鏡かけるとさ、視界に一枚壁ができて強くなった気になるの。わたしもよく、人が多い場所に行く時とかは伊達メガネかけたりするんだけどさっ」

「え、ど、どうだろう……」

「ほらあと、蘭ちゃんが眼鏡かけてるとこ見たことないから、もし知り合いが来ても変装がわりになるかも……って、違うね。ごめんね、不安あるのに連れてきちゃって」

「ううん。……ありがとう、借りようかな、これ」

「あっ、うん！　どぞどぞ！　蘭ちゃん、眼鏡似合うねぇ」

借りた眼鏡をかけると、心なしか視界が狭まって、情報量が少なくなったように感じた。気持ちの問題かもしれないが、自分と周りの間に一枚壁ができたと思うと、不安が少しだけ和らいだような気もする。

杏未の気遣いはとてもあたたかくて、それから心強かった。

それで、話は館内で振られた文化祭の話題に戻るのである。

「蘭ちゃんの予定と、あと、気持ちに余裕があったら……一緒にどうかなって」

わが校は、毎年八月末に文化祭がある。夏休みが明けてすぐのイベントで、一年生の時も、生徒全員が慌ただしかったような記憶があった。

もちろん利点もあって、後夜祭でパフォーマンスをする人たちは、夏休みという長い時間を使って多く練習時間を確保できたり、私服で登校できるなど、文化祭準備のための特別ルールも設けられたりするのだ。

例年、夏休みから文化祭にかけてカップルが多く誕生しているという噂も、一年生の時に小耳にはさんだことがあった。

「もちろん、無理にとは言わないよ。でも、蘭ちゃんともう一回文化祭回りたくて」

杏未が肩を縮めて俯いた。もしかしたら、夏休み中に何度も言おうとしてくれていたのかもしれない。

勇気をふりしぼって私にそう提案してくれたと思うと、それだけで感情が込み上げてきた。

不登校になってからというもの、私は家と公園を行き来するばかりで、外の世界を知らなかった。

綺とは夜に限らず夕暮れ時の公園で会うようになり、杏未とは週に一度、家の近くの喫茶店やファストフード店で会うようになった。

一年以上殻に閉じこもっていた私にとってはかなりの快挙である。

外の空気に触れる機会が増えてから、前より朝に感じる絶望や昼間に襲う劣等感のようなものが薄れたような気もするのだ。

杏未から貰った手紙の中に、マイとシホとは離れることにした、という情報が書いてあった。

私が不登校になったのが二年生の四月。それからちょうど一年が経ち、マイとシホとはクラスが離れ、そのまま流れるように疎遠になったそうだ。

二年生の時は、私が学校に行かなくなってからもある程度の行動は一緒にしていたようだけど、美術の授業で、華道部の木村《きむら》さんとペアでスケッチをしたことをきっかけに、徐々にマイたちのグループから距離を置いていたらしい。

杏未はその話を「木村さんとペアになった偶然に頼っちゃっただけで、わたしはやっぱり度胸が足りないんだ」と話していたけれど、きっかけなんてそんなものだと思う。

私だって、きっかけがなかったらこうして外には出ていなかった。

私を諦めないでいてくれた母にも、私を忘れずにいてくれた杏未にも、常連認定してくれた真夜中さんにも、ただ越えるだけの夜を好きにさせてくれた綺にも、感謝してもしきれない。

偶然を味方につけることは、なにも悪いことではないと、私は思っている。

とは言え、「学校」に関することは、杏未との間にあった問題とはまた別の問題が発生するわけで、だ。

杏未の学校の文化祭に行く。それはつまり、マイやシホに会う可能性もあるということになる。それ以外にも、一年生の時に同じクラスだった同級生たちと顔を合わせることは避けられない。

皆が皆、マイやシホのように私のことを疎ましく思っていたとは思わないけれど、例えば私が文化祭に行ったとしたら、今更来たのかよ、と思う人だっているはずだ。散々学校に行くことを拒否したのは私で、そのまま時間が流れてしまったことはもう変えようがない事実だ。

もっと言えば、同級生は皆あたりまえのように将来に向けて歩いているわけで。不登校歴一年半の私は、もしかしなくても日数が足りなくて留年コース。

同級生は同じだけの年数を生きているのに、人生の進捗は私ばかりが滞っている事実を目の当たりにすることが、私はとても怖かった。

「あ、あの、蘭ちゃん。無理はしなくていいの、わたしのワガママだから」

「あ……えっと、ごめん。ちょっと考えてもいい？」

「うん！　いいんだよ、本当に！　学校じゃなくても、楽しいイベントっていっぱいあるもん。だから全然気にしなくていいからね！」

曖昧で煮え切らない返事をすることしかできず、せっかく誘ってくれた杏未には、どうしようもない申し訳なさが募る。

図書館の中は冷房が効きすぎていて、冷たすぎる空気が今の私と比例しているような気がして、どこか居心地が悪かった。

「なあー、蘭」

「うん」

「今日元気ない日じゃん」

「……うーん。よく気づくね、ホント」

「蘭がわかりやすすぎるってのもあるけど」

「そうかぁ」

「そうだぁ」

容赦なく太陽が照り付ける空の下——ではなく、冷房がよく効いたコンビニのイートインスペースで、私と綺はアイスを食べながらそんな会話をしていた。

時刻は二十時を過ぎたところ。夏になり、一週間前からコンビニのイートインスペースを利用するようになった。

住宅街のはずれにあるコンビニでは、イートインスペースが設けられているところはレアだ。利用者は、夜が始まったばかりの時間帯——二十時でもそうそういない。

真夜中さんの出勤は基本的に二十一時らしい。

それまでシフトが組まれている女性の店員さんは、この二週間ですっかり私と綺の顔を覚えたようで、目が合うと軽く会釈をするようになった。

イートインスペースでアイスを食べ、小一時間ほど喋る男女。おまけに深夜バイター真夜中さんと親しく話しているときたら、何者かと思うのは当然のことで、女性店員さんの記憶に残るのも仕方ない。

私たちが初めて二十時台にコンビニに来た、二週間前のこと。

綺とだらだら話をしていると、二十一時手前に真夜中さんが出勤した。これまでより数時間も早くコンビニを訪れた私と、それから深夜の徘徊を禁止されたはずの綺の姿を見て、数秒間瞬きをする以外の脳がなくなっていた。

「え？」

「俺、門限二十一時半までなんすよ。だから、それまでは自由に出入りできます」

「え？　あの、はあ。それでミヨーさんは」

「私は夜行性をやめよう週間です」

「はあ、そうですか、あの」

「あ、でももちろん深夜にも来ますよ」

「蘭は元祖深夜徘徊少女だかんな」

「今もだけど。全然」

「はあ、なるほど……？」

あまり大きく変動しない真夜中さんの表情筋。その日は、これまでに見たことのない、ちょっと間抜けな顔をしていて、綺と目を合わせて笑った。

綺の家の門限は二十一時半だった。そんなこと今まで言われたことはなかったし、最初に夜の公園に来れなくなった時も、「深夜に外で歩くのダメだって言われた」と言っていたから、もう綺と一緒に夜を越えることはめったにないんだなぁと思っていた。

「俺、二十一時半までなら外出れるんだよね」

そうしたら二週間前、綺が突然言い出したのだ。

「え？」と声を洩らせば、「俺、二十一時半までなら外出れるんだよね」と、ご丁寧に全く同じ言葉を返された。

聞き返す意味での「え？」じゃない。私が紡いだのは、なんで今まで言わなかったの意味わかんないんですけど、の意味の「え？」だ。

思わず眉を寄せる。「そんな顔すんなよ」と言われたけれど、無理な話だった。

私たちにとってこんなにも大切なことなのに、なんで言わないの。

夜の範囲は長いのだ。言ってくれたら、私が時間を合わせたのに。夕方じゃなくたって、私はいつでも会えるのに。

そんなことを思っていると、私の心を読み取ったかのように綺が言葉を紡いだ。

「蘭と俺の夜は二十三時だから、二十一時半まではまだ始まりに過ぎないのかと思ってた」

綺はそう言っていた。バカだと思う。単細胞というか、単純というか。

「あと、蘭が太陽に慣れつつあるならそれも良いことだなって」

「でもそれは、綺が夜がだめって言うから」

「友達とも和解して会えるようになってたろ。その邪魔もしたくなかったし、ずっと人といるのは疲れるかなーとかそういう心配もしてたんだよばぁか」

こつん、とおでこを突かれた。綺なりに私を気遣ってくれていて、杏未との関係を応援してくれていたらしい。

綺と毎日のように夜を歩いていた頃が懐かしかった。綺と夕方に会うようになって、杏未とも週に一度会うようになって、夜に出歩く数は減った。

私の生活は、これまでに比べたら幾分かもっともらしくなった。

だけどでも、私を動かしてくれたのは綺であり、真夜中さんだ。夜を味方につけた私に与えられた出会いがなかったら、私はこうなってはいなかった。

今でも、夜がいちばん私をわかってくれているような気がしているのだ。

「綺、心配してくれてありがとう」

「うん」

「でも、昼間外に出ようが夜の長さは変わんないよ」

「たしかしたかし」

綺には夜がよく似合う。夜の中にいる綺が、私の記憶に焼き付いて離れない。

「まあでも、夏だし。外で会うにはちょっと暑いし眩しいかもな」

こうして、私たちは再び夜——二十時前後に、公園で落ち合うようになった、というわけである。


「さて蘭、今日は何があった」

公園で落ち合って、そのまま流れるようにコンビニに来て、アイスを買った。

私に元気がないことをすぐに察した綺は、夏季限定商品であるスイカアイスを前歯でかじりながら問う。

察しの良さは相変わらずで、思わず笑えてしまうほど。

綺はよく私に「わかりやすい」と言うけれど、不登校になってから人と関わる機会が減った分、感情を表に出す機会も比例して減少したはずだった。

そんなにわかりやすいのだろうか。どこがどう、どんな風に人に伝わっているのだろうか。マイやシホに突き放された時も、私は無意識のうちに何か感情を表に出してしまっていたのかもしれない。

過去はもうどうすることもできないけれど、それでも自分のどうにもできない部分を見つめると落ち込んでしまう。

私はどうしていつもこんなにだめで……。

「っっっ……た、！」

「はい、勝手に想像して落ち込むの禁止でーす」

ピンっと額をはじかれた。それもかなり痛い。不意打ちの強烈なデコピンには太刀打ちできず、しっかり正面からくらってしまった。額を押さえながら綺に視線を移せば、奴はあろうことか私の反応を見てけらけら笑っていた。

「蘭のわるいとこな」

「っはあ？」

「全部顔に書いてある。自分はどうしてこんなにだめなんだろうって」

ぎくりと肩を揺らした。図星だったからだ。目を瞬かせる私に、綺は「あのなぁ蘭」と優しい口調で言葉を紡ぐ。

「完璧になろうとしなくていいじゃんか。言ったろ、逃げたとしても、過去はどうしたってついてくる。その過去を連れた自分ごと受け止めて、それが自分なんだって受け入れないと、いつまでたっても自分のことは好きになれない」

「そうだけど……」

「蘭は変わろうとしてるし、前に進んでる。焦んなくていいし、自分がだめだなんて思う必要もない。蘭は蘭で、自分ができることをやんな」

ひりひりと痛む額と、かけられた言葉にきゅっと唇を結んだ。

「蘭は、だめじゃないよ。どこも、だめなんかじゃない」

泣きそうだった。

だめじゃない、私は、だめじゃない。

私が長い間自分に言い聞かせて来た言葉でも、綺に言われると心に直接語りかけられているみたいで、心臓がぎゅっとなる。

「何のことで悩んでるかは……まあ、大方友達か学校かのことかなってのはわかるけど。でもさ、何に対しても、蘭がどうしたいかが大事だと思うよ。人を動かす力は、願望だと思うから」

「な？」と言いながら、シャリ……と綺が再びスイカアイスをかじる。スイカアイスは比較的溶けにくいアイスだけど、下の緑の部分だけはどうも溶けやすいから先に食べるのが良い、と先週綺が言っていた。

綺は、スイカアイスがアイスの中でいちばん好きらしい。

夏にしか食べられないから、販売されている間はそれを食べることを生きがいにするし、販売が終了したら、来年またスイカアイスを食べるために生きようと思うそうだ。

スイカアイスもまさか誰かの生きがいになっているとは思うまい。

人生は何年生きても攻略不可能だけど、生きる理由はそんなことでもいいんだよなぁと、綺にその話を聞いた時に思ったことがある。

綺が日々を生きる理由のひとつは、〝スイカアイスが食べたい〟という願望。

そうだとするならば、私が日々を生きる理由の中にあるのは……。

「綺」

「うん」

「……なんか今、すごく綺麗に星が見えるところ、行きたいかも」

出会った時からひそかに抱いていた。

考えていたことがどうでもよくなって、「すごい」以外の言葉を失うくらいの星空を、綺と一緒に見てみたかった。

今日の天気は晴れ。きっと、星がたくさん空を歩いている日。

公園じゃなくて、もっと星を近くに感じられるところで、きみと。

「……無性に、星見てぼーっとしたい」

「さては蘭、バカにしてる？」

「してないよ。綺が大切にしている概念を、私も知りたいって思ったの。……人を動かすのは願望なんでしょ。今、綺と星が見たい」

私がそう言うと、綺はニッと口角を上げ、溶けかけたアイスをしゃくしゃくと平らげた。そんなに一気に口に含んだらアイスクリーム頭痛（医学的にも本当にこういう呼び方をするらしい）が起きちゃうよ、と言おうとすると、言葉にする前に綺が顔をしかめて頭を押さえるものだから、思わず笑ってしまった。

「そんなに一気に食べたらそうなるに決まってるじゃん」

「アイスを優雅に食うのと星を優雅に見るのとじゃ、俺にとってはわけが違う」

「でもアイスクリーム頭痛、結構しんどいよね」

「まじでそれはわかる」

綺はバカだ。そしてとても変だ。

だけど、一緒にいてとても楽しい。

「じゃ、行きますかぁ。——天体観測《初デート》に」

その日は、真夜中さんが欠伸をしながら出勤する姿とすれ違う前にコンビニを出た。

「らーん」

綺の背中を追うように半歩後ろを歩いていると、立ち止まって振り返った綺が間延びした声で名前を呼んだ。なに、と返せば、「んーや?」とよくわからない返事がきた。

「隣歩いてくんね? 連れ去られたらこえーじゃん、夜だぜ」

「いやぁ、今更すぎない?」

「それな。でもまじ忘れてたけどさ、公園までの道とか、住宅街だから安全ってなんの根拠にもならんよな。蘭が来なかったらどうしようって、深夜に会ってた頃は結構思ってた」

「だからいつも来るの早かったの?」

「それもある。でもいちばんは、母さんと妹が寝て、父さんが風呂に入る時間だから抜けやすかったんだわ、その時間が」

「ふうん」

二十時手前。私たちが落ち合う時間は、初期の頃に比べるととても早くなった。

夜は長いものだ。二十一時過ぎに綺と手を振り別れたとしても、そこからまた、深い夜が来る。

最近、眠りにつきやすくなった。

日中に外に出る日が増えたからか、部屋の温度と夜の空気しか知らなかった私に訪れた環境の変化に、身体が追い付いていないのだと思う。

変わらず朝は絶望から始まるけれど、窓から差し込む太陽の光は、前ほど苦手ではなくなった。

空気が澄んでいた。あっという間に梅雨が明けて、夏が来て。八月も後半に差し掛かれば、気づいた頃には冬になる。

季節と時間だけは一切人間の心に惑わされることなく過ぎていくものだから、それがとても羨ましかった。

他人の影響を受けない人生だったら、どんなにラクだっただろう。

思うままに、みんなが好きなことだけをして、気が向いた時にやりたい学習をして、関わりたい人とだけ関わる。そういう生き方が主流だったら、心に傷を抱える人もきっと減るはずなのに。

どうにもならない人生があと何十年も続くのかと思ったら、なんだか悲しくて、それは同時に怖くもあった。

「手でも繋ぐ？」

そんなことを考える私を余所に、綺は唐突にそんなことを言いだした。右手を差し出して、「ん」と言う。街灯の光が、瞳に綺麗に差し込んでいた。

「え？」

「手、繋ぐ? イエスオアノー?」

「……え、なんで? なんで?」

「デートじゃないよ。星見に行くだけだよ」

「あー? 俺が星好きなこと知ってる上で一緒に星見たいって、それほぼ告白ってことじゃん」

「違うし……」

「で、どっち。繋ぐ?」

どっち、とは。そんな選択肢を迫られるとは思っていなかったから、わかりやすく言葉に詰まってしまった。

私が綺と手を繋ぐ理由ってあるのだろうか。

私と綺は健全な関係。恋と呼ぶにはまた違う、あまりにも不思議な距離感にいると思う。

綺と私の関係って何だろう。わからないけれど、綺と星を見たいと思っている時点で、恋に寄る好意を抱いていることも確かなのだろうか。

綺と星が見たかった。そう言ったら、天体観測に行こうと言われた。

デート。男女がふたりで街を歩くことは、一般的にデートに値するのだとするならば。

「イエス……？」

綺の温度を、もう少しだけ近くで知ってみたいと思った。

「……ふはっ」

「え、なん、なんで笑うの」

「いやいや、ノーかと思ってたから」

綺がククッと肩を揺らして笑う。照れるかと思ったのに、綺のほうが優位にいるようで少しだけ悔しかった。

「おけ、そいじゃ、失礼しますわ」

右手が伸びてきて、私の左手を包み込んだ。

男の人の、大きな手。ドキドキと心臓が鳴っている。

けれど、私が今まで感じたことのない安心感もあって、どこか心がふわふわした。

「蘭の手、ちっちゃ」

「そんなこと、ないと思うけど。綺の手だって、思ってたより大きい」

「そりゃ、俺も男なんで」

「……ふーん」

なんて返したらいいかわからずそっけない返事をしてしまう。

綺はそんな私のことをとうに理解しているようで「照れなさんな」と冗談めかした口調で言った。とても、むかついた。

綺が連れてきてくれたのは、コンビニとは反対のはずれ、急な坂をのぼったところにある、空き地のようなところだった。

近くに墓地があり、夜はあまり近づきたくなくて遠ざけていた場所。

墓地は、住宅街を経由することもあってか、肝試し等で訪れる学生はおらず、また、お盆でさえも人の入りが変わらない。

だからこそ余計にその静けさが不気味だったものの、懸念はそれくらいだった。

「すっ……ご」

今まで見た空の中でいちばんきらめいた空が、広がっていた。

空が、星が、とても近かった。見上げると一面が空で、視界を遮るものは何もなかった。

コンビニからは歩いて五分ほど。家からもそう遠くはない距離なのに、まるで別の世界に来たみたいな、そんな感覚になる。

しばらく言葉を失って、そこに広がる星空を見上げていると、繋がれた右手がクイッと引っ張られた。呆気に取られる私は、途端に現実に引き戻された気分だ。

目が合った綺は、とても嬉しそうに笑っていた。

どうだすごいだろ、感動するだろ。そんな思いが、瞳に全て込められている。

「……すごい、本当に」

「だろぉ。近所ったって、そんなに通らないしな、ここ。俺も前に肝試しにきてさぁ。そん時たまたま見つけたんだ」

「そっかあ……いいな」

いいな。綺は、綺麗なものをたくさん知っている。探すのも見つけるのも得意で、概念ごと愛する力がある。

良いな、良いよ、綺は素敵な人だ、とても。

「良いって、蘭も同じじゃん？」

ぽつりと言葉をこぼすと、何言ってんの？　みたいな顔をされた。「え？」と返せば、同じように首を傾げられた。

「レターセット、集めるの好きって言ってたじゃん。つい買っちゃうんだろ？　夜だって、あの空気が好きになっちゃったから、落ち着くから。だから来るんだろ。つい、って言葉がつく出来事があるってさ、良いよな」

「え、……っと」

「俺も、肝試し来た時、この星を見つけてさ。つい、夢中になっちゃって。肝試し途中で抜けたんだよな」

「え、ええ……それはどうなの」

「な。あとからペアの女の子に日之出くんサイテーって怒られた」

「そりゃそうなるよ。こんな暗闇の中、ひとりで置いてかれたら怖いよ」

そう言ったらははっと笑われた。笑いごとじゃない。星が見えるとは言え、もし今綺に置いてけぼりにされたら怖くなってしまう。

散々ひとりで深夜の公園に出向いていたけれど、墓地が近くにあるだけでこんなにも感覚が違うのだ。

繋がれたままの右手から伝う温度を感じ、綺がそこにいることを実感する。どこか、ほっとした。

星を見上げる横顔が綺麗だった。幸せそうだった。綺をこんなにも幸せで包み込む空を、綺の隣で見れてよかった。

手を握り返すと、また笑われた。むっと眉を寄せると、空いた手で額をつかれる。悪戯っぽく笑う顔が印象的だった。

「あのね、綺」

「うん?」

「……杏未にね、文化祭に、誘われたんだ」

ぽつり、ぽつりと言葉を紡ぐ。いつだって私は、綺に話を聞いてほしくて仕方がない。けれど今日は、情けないほどに弱弱しいそれを満天の星に響かせることに、少し気が引けた。

「なぁ、蘭」

全部話し終えた私を、星を見上げながら綺が呼ぶ。穏やかで心地よい声だった。

「文化祭さぁ、俺の学校のほうに来たらいいんじゃん？」

「……え？」

「学校、行きたいけど行きたくないんだろ。会いたくない人とか苦手な人とかいるってなったら純粋に楽しむのってむずいじゃん。だからいっそ新しい場所にすりゃいいんだよ。友達一緒に連れてきてさ、青春しようぜ」

思いがけない提案に目を瞬かせる。「ど？」と聞かれ、首を縦にも横にも振れずにかしげた。

選択肢になかったのだ。綺の学校に行くなんて、そんな思考は今この場で提案されるまで持ち合わせてはいなかった。

「で、でも……綺に迷惑かける」

「迷惑ってなに？　爆弾でも仕掛けんの？　それは確かに迷惑だけどなぁ」

「え。いや、そうじゃな……」

蘭、と言葉を遮られる。綺はいつだって、私より私の名前を大切にしてくれている。

それが伝わるからこそ、私は何も言えなくなる。

「俺らまだ子供だしさぁ、ワガママなんかいっぱい抱えて生きていいんだよ。一年やそこら学校に行ってないからって、青春の権限がなくなるわけじゃない。勝手にひとりで大人になろうとすんなよ」

綺の言葉を否定することは、私のことを否定するのと同義な気がしてしまうのだ。

「迷惑とかないよ。俺が、蘭と青春したいから言ってんの」

綺の瞳の中で、私が揺れていた。

「気になる子と文化祭って学生の夢だよ、なぁ蘭。叶えてくれるなら、俺は蘭がいい」

青春がしたい。もう戻ってこないとわかっていても、私がひとりで越えることしかできなかった日々を追いかけたい。

叶うなら、大切な人たちと一緒に。

「……本当に行ってもいいの？」

「あたりまえよ」

「制服……着よっかな」

「……まじ？　それはもうなんだ？　あのー……なんだ、バクハツするやつだ？

諸々《もろもろ》が」

「語彙死んでるよ綺」

「いや元はといえば蘭が」

「ねえ、あれ何座かなぁ」

「おい聞け話を」

初デートという名の天体観測は、次の約束をして終わりを迎えた。

心に寄り添うみたいに、これでもかってほどきらめく星空を、私は一生忘れないのだと思う。

幸せだと思った。

八．きらめいた朝に

「蘭ちゃん、こっちこっち！」

制服を着た杏未が、私を見つけてブンブンと手を振っている。その姿をとらえ、私も小さく手を挙げた。

九月上旬、綺の高校の文化祭当日。

学校の最寄り駅で待ち合わせをし、昼前に私たちは落ち合った。

「お、お待たせ」

「ううん全然！　てか蘭ちゃん、やっぱ身長伸びたよね？　スカート何回折ってる？」

「あ、二回……」

「え、だよねぇ？　わたし三回でこれだよぉ。目線違うの、気のせいだと思いたかったぁ」

「杏未は縮んだ感じ？」

「あはっ、蘭ちゃんそれ禁句！」

今朝の話。ワイシャツの袖を三回ほど捲り、ボタンは一番上だけ開ける。ネクタイを結ぶのは実に一年半ぶり。スカートは二回折っただけで膝上十センチになったから、あの頃に比べて身長が伸びたのかもしれないなぁと、等身鏡に映る自分の姿を見て思ったのだ。

杏未と並んで歩く機会が増え、ともに学校に行っていた頃より目線の高さに差異がある気がしていたけれど、気のせいではなかったようだ。

ろくに太陽の光も浴びずに長い時間を過ごしていたのに、そんなことお構いなしにまだまだ私も育ち盛りなんだなと思ったら、なんだか笑えた。

「日之出くんの高校ってさ、制服めっちゃかわいいよねぇ」

「女子人気あるとこだったっけ」

「そーそ。文化祭、毎年すごいって話！　行ってみたいなーって思ってたけど、知り合いいないから諦めてたんだぁ」

「そうなんだ」

「しかも蘭ちゃんと一緒！　今日はもう超ハッピー！」

ふふっとかわいらしく笑う杏未につられて私も笑う。

綺と杏未は、文化祭の話が出たあとに一度だけ、顔を合わせたことがあった。

夏の間、公園は暑いから夜のコンビニで私と綺はほぼ毎日アイスを食べているという話を杏未にふらっとしたところ、「わたしも今度行ってもいい？」と提案されたのだった。

杏未に手紙の返事を出した時に、私の夜の行動については少し触れていたから、ようやく杏未とも夜を越える日が来たことが、その日はとても嬉しかった。

綺の絡みやすい性格もあって、最初は少し緊張していた杏未も、あっという間に打ち解けて話をしていた。

思い返せば、私が初めて綺と会った日も、初対面とは思えないほどテンポの良い会話を交わした気がする。

綺の持つやわらかい雰囲気は、人を惹き込む力がある。

そのことを改めて自覚して、綺はやっぱりすごい、と心の中で思った。

「あー、ほんっと楽しみ！」

「うん。私も」

「蘭ちゃんかわいいから声かけられちゃうかもなぁ。絶対わたしから離れないでね。蘭ちゃんのことはわたしが守るので！」

「逆じゃない？　私が杏未のこと守るし」

「あれ？　わたしたち付き合ってる？」

「かも？」

「あははっ！　テンションあがってきた！」

夏の暑さはまだまだ残るけれど、空気は少しずつ涼しさを取り戻していた。

目的地への歩みを進めながらそんな会話をする。

杏未は本当に楽しそうだった。歩くにはちょっと長い道のりを歩いている今だって、ニコニコと幸せそうな顔をしている。私と一緒に学校行事に参加できることが、本当に嬉しいみたいだ。

実を言うと、昨日の夜はあまり眠れなかった。というのも、綺と私の基準はいつだって夜だったからだ。

日中に会うことも多くはなっていたけれど、学校というひとつの場所にいる綺のことはまだ全然知らない。綺を取り巻く環境を知りたいけど、怖かった。

だってあの綺だ。フレンドリーで明るくて人を救うことができる彼が、人気じゃないわけがない。友達だってきっとたくさんいて、私が来たことにすら気づいてくれないかもしれない。

綺と自分が息をする世界がまるで違ったら、どうしようもなく夜に逃げ出したくなってしまいそうで。

「蘭ちゃん、大丈夫！」

不意に隣からそんな声がかけられる。視線を移すと、杏未が「大丈夫っ！」と、同じ言葉を繰り返す。

根拠のない言葉は信用できないのに、綺のそれと同様に、杏未の「大丈夫」もまた、どこか安心感があった。

「日之出くん、蘭ちゃんのこと大好きっぽいしさ。なんだろ、多分、すごく歓迎してくれると思うんだ。わたしからしたらなんで蘭ちゃんと日之出くんは付き合ってないのかわかんないけど、でもさ、わかるんだよねぇ」

「矛盾してない？」

「してるしてる！　でもだってそうなんだもん。付き合うとか、そういう枠にいない気がする。唯一無二だよ、ふたりはさ」

「うーん……？」

「ねっ。だから大丈夫！」

綺が私にくれる言葉や感情は特別だ。大事にしたい。手離したくない。

だけど、そんな大切な感情を私なんかが受け取って良いのかという不安がある。

私の心を支配するのは、いつだって漠然とした不安ばかりだ。

それは、私が私をちゃんと認めてあげられるまで、きっと消えることはない。

仕方のないことだと割り切ることも、もしかしたら大切なのかもしれない。

私と綺は唯一無二だから大丈夫。あまりにも漠然としすぎている言葉だったけれど、杏末にそう言われてとてもほっとした。

「ね、ほら早く行こ！」

心の中で杏末に感謝を伝え、手を引かれるままに綺の学校へと続く道を急いだ。

「うーん、日之出くんどこだろうねぇ」

「お化け屋敷やってるクラスって言ってたけど……」

「てことはあれかな。今仕事中で忙しいとかかも」

綺の学校は、制服がかわいくて女子人気が高い、県内ではわりと有名な高校だった。文化祭の規模が大きく、外部からの来客者が多いらしい。実際に今、校内を歩いてみて、人の多さにギョッとした。

以前は大人数で遊ぶことも人混みも全然平気だったのに、学校に行かなくなってからはどうにも苦手になってしまった。人と会う機会が減れば減るほど耐性は弱くなる。杏未が一緒に来てくれなかったら、私はひとりでこんなところには来れなかったと思う。

人混みの中、四階まである校内で綺と遭遇するのはかなり難易度が高い。着いてから綺に電話はしたけれど、出てくれなかった。純粋にスマホを見れていないのだと思う。杏未の言うように、仕事中なのかもしれない。

「お化け屋敷、三階だって。とりあえず、気になる模擬店回りながら向かお！　時間はたっぷりあるし」

「そうだね」

綺と連絡がつかないんじゃ、焦ってもしかたがない。杏未の言葉に同意して、もらったパンフレットを参考に、私たちは校内を回ることにした。

「やっぱ文化祭楽しいよねぇ。他校のとか尚更」

「うん」

「蘭ちゃんと来れて良かったぁ！」

お化け屋敷に向かう途中にあった模擬店のチョコレート味のチュロスを頬張りながら、杏未が幸せそうな笑みを浮かべる。その表情につられ、私まで嬉しくなった。

制服を着て、学校に行っていた頃と同じナチュラルな化粧をして、杏未と一緒に文化祭を回っている。

一年生の時、マイとシホには当時彼氏がいたから、私と杏未はふたりで回ることになったのだ。マイたちと知り合ってからは必然と四人で過ごす時間がベースになっていたから、杏未とふたりになったのがとても久々で、内心ちょっと嬉しかったのを覚えている。

「杏未」

「うんー？」

「学校……半分以上行けなくなっちゃってごめんね」

懐かしい記憶をたどりながら、小さく呟く。

杏未が仲良くしている人と、楽しく高校生活を送れていたらそれで良い。

忙しい合間をぬって私に手紙を届け続けてくれただけでこんなにも救われたし、杏未と向き合うことを決めてよかったとも思う。

だからこそ、こんな気持ちになるのだろうか。

私がもっと早く杏未と向き合うことができたら。綺や真夜中さんと出会えていたら。マイやシホの言葉をもっと軽く流せていたら。

返ってこない時間が、こんなにも恋しくて、やるせない。

「そりゃあ、蘭ちゃんがいたらもっと楽しかっただろうなって思うよ」

チュロスを握る手に力がこもる。砂糖がぽろぽろと零れ、手の甲から滑り落ちていった。自分で言いだしたこととはいえ、叶わなかったその事実と向き合うことは苦しい。自分がどうしようもなくだめな人間に思えてきてしまうから。

俯くと、「でもさぁ」と杏未が続けた。

その声は決して暗くはなく、繕いも感じなかった。

「例えば蘭ちゃんが無理してでも学校に来続けていたとして、わたしはきっと助けることはできなかった気がする。だって弱いもん、わたし。マイちゃんたちが怖くて見て見ぬふりしてたと思うし、木村ちゃんとも仲良くはならなかったし……なにより、月に一回レターセットを選ぶことを楽しいだなんて感じなかったと思う」

「杏未……」

「だから、自分のこと枷に思わなくていいよ蘭ちゃん。わたしも蘭ちゃんも、あの時間があったから今こうなってる」

杏未がにひっと人懐こい笑みを浮かべる。泣きそうになるのを抑えて、私も同じように笑った。

「ほら、それに！　あの時間がなかったら、日之出くんの高校の文化祭にも来なかったと思うしさっ！」

「もー……杏未ってばそれは現金……あ、すみません」

そんな話をしながら廊下を歩いていると、向かいから俯きがちにやって来る女の人とぶつかった。

反射的に謝ると同時に、ぶつかった時の勢いで手元が滑り、持っていたチュロスがぼとりと床に落ちる。

あ、と言う声は、私のものだったか杏未のものであったかは定かではなかったが、ひゅうっと息を吸う音が目の前にいた女の人から出ていたことは確かだった。

「あ、あ……」

「あの、ごめんなさい。前見てなくて……怪我ないですか」

「ど、あ……っ、あ、」

「全然、大丈夫ですよ、ホントに」

しゃがみ込んでチュロスを拾い上げる。見るからに動揺して言葉を詰まらせているその人がなんだか不憫《ふびん》で、人向けの笑顔を浮かべてそう言うも、彼女は俯いたままで目は合わなかった。

「にっちゃん、だいじょぶー？」

「っあ、う、うんっ」

にっちゃんというのが彼女のあだ名なのか、おそらく連れであろう女の人が数メートル先から呼んでいる。

すると、彼女はおもむろに鞄の中から財布を取り出し、五百円玉を私の手のひらに握らせた。

「え、ちょっ…あのっ⁉」

声を上げるも、勢いよく頭を下げた女の人は、何も言わずその場から走り去ってしまった。遠目に連れの方と目が合って、謝罪代わりなのかぺこりと頭を下げられたので、私も同じように頭を下げる。黒のチュールスカートが視線の先で揺れていた。

「蘭ちゃん、ゴミ箱あっちにあるよ。それもう食べれないよね……。新しいの買いに行く？」

「あ、うん。新しいのは……いいかな。せっかくだし、他の食べる」

「そかー」

床に零れた砂糖をティッシュで軽く拭き上げて、近くにあったゴミ箱に捨てる。

ふう、と息を吐いたところで「じゃあこれ一口あげる」と杏未がチュロスを差し出してくれた。

その言葉に甘えて、ザク……と音を立ててそれを口に含む。チョコレートと砂糖の甘みが口に広がった。

「それにしてもあの人すごい震えてたけど、大丈夫かなぁ」

「心配だよね」

握らされた五百円玉を見つめながら呟く。

今の女の人は、あまり人混みが……というより、単純に人とコミュニケーションを取ることがあまり得意ではないように思えた。言葉にはされなかったけれど、動揺の仕方と、渡された五百円から、彼女に謝罪の気持ちがあったことは十分にわかる。

ただ漠然と、少し生きづらそうだな、と思った。

「……これ、どうしたらいいかなぁ」

「謝罪金？　てやつだと思うから、使っていいと思うよぉ」

「うーん……」

チュロスは二五〇円だった。杏未のと合わせて五百円だったから、弁償だとしても倍のお金を貰ってしまったことになる。

ぶつかってきたのは彼女のほうだけど、私も会話に夢中でちゃんと前を見ていなかったような気もするから、一概にあの女の人だけが悪いわけではない。

この五百円を使うにはなんとなく気が引けて、私はひとまずそれをそっとポケットにしまった。


「ぎゃあああぁ蘭ちゃっ、らん、ま、待って待って待って怖っ……あぁあああああ！　なんかいる！　いた！」

「みんなこの学校の生徒だよ。大丈夫大丈夫」

「大丈夫じゃないてぇ！　ちょちょちょ、そんなスタスタ行かないで⁉」

「はいもうすぐ出口」

「蘭ちゃんの鬼ーーーーー！！」

杏未がチュロスを食べ終えた頃、私たちはようやく綺のクラスでやっているお化け屋敷にたどり着いた。

受付にいた比較的フレンドリーそうな男子生徒に「日之出綺っていますか？」と聞いてみたところ、「今、ちょっと買い出し行ってもらっててまだ帰ってきてないんだよねー」と言われたのだ。

「多分そろそろ帰ってくると思うけど！」とのことで、せっかくだし杏未と一緒にお化け屋敷を体験して待つことにした、わけなのだけど。

怖がりな杏未に服をこれでもかってほど掴まれて、出る頃には私の制服はよれよれになっていた。

私も決してお化けや人工的な暗闇が得意なわけではないけれど、杏未があまりにも怖がるものだから、それにばかり圧倒されてしまって、お化けに驚く暇がなかった。

「らーん」

「あ」

そんなこんなで今。

ヘロヘロになった杏未の手を引いてお化け屋敷を出ると、壁に寄りかかってこちらに手を振る男子生徒の姿を見つけた。言わずもがな、綺である。

私たちが……というより杏未がお化けと闘っている間に、買い出しから帰ってきていたらしい。「藤原ちゃんもやっほー」と、綺はやわらかい笑みを浮かべていた。

「ど？　お化け屋敷、結構怖かったっしょ」

「あぁ、うん。杏未が……」

「出てきて察したわ。こっちとしてはやりがいあって最高」

杏未を見て、綺がクククッと喉を鳴らす。明るいところに出たので、「蘭ちゃんも日之出くんも鬼じゃん……」と呟く杏未から手を離し、「お疲れ様」と杏未の肩をぽん、と叩くと涙目で見つめられる。かわいいと思った。

「電話、気づかなかったごめん。スマホ学校に置いたまま買い出し行っちゃってさぁ。急遽補修する箇所があるとかでさ、俺が暇してたから抜擢《ばってき》された」

「受付の人に軽く聞いたよ」

「まあ無事会えたのでつまりこれは運命」

「違うよ」

「そんな即答しないでもろて」

　いつもの綺だ。

　ここは夜でもなく、公園でもなく、昼間の学校だ。本来の学生のあるべき姿。

けれど、杏未や綺にとっての普通が私にとってはこんなにも新鮮で、それからとても、ドキドキしていた。

「俺今から休憩だから、一緒に回ろうぜ」

「そのつもりで来たんだよ！　ねっ蘭ちゃん！」

「だよなだよな。俺の思い込みだったら恥ずいから保険かけた」

「日之出くんと回らずしてこの学校の文化祭に来る意味ないもん！　ねっ蘭ちゃん！」

「いやぁ……まあ、うん、そういうことにしておくね」

「日之出くんよかったね！」

「ありがとう俺死んでもいいわ」

厳密には、青春できる良い機会だったのと、学校での綺の様子が少し気になったから来たわけだけど、杏未と綺の絡みがなんだか面白かったので、何も言わないでおいた。

「つーか蘭、制服」

「あ、うん……着た」

綺が私の全身を一通り見つめて言う。元々着る予定ではあったものの、以前一緒に天体観測をした時に、制服に対してなにやら期待を抱いていたようだから、宣言通り着てみたのだ。あまりにもじいっと見つめられるものだからなんだか恥ずかしくなって目を逸らす。

するとー。

「かわいい」

「え」

「かわいい、蘭」

そんなどストレートな言葉が落ちてきた。

「なんかあの、あれだな、そのー」

「……」

「デートみたい、だ」

ボンッ。自分の中の何かが爆発してしまったような気がする。頬が熱を帯びている。綺と目を合わせることができない。今、自分がどんな顔をしているかなんて、想像したらもうひと爆発してしまいそうだ。

ちらり、隣にいる杏未に目を向けると、彼女も恥ずかしそうに頬を染めていた。

見ているこっちが恥ずかしい、というアレだと思う。そんな杏未を見て、さらに恥ずかしさが募った。

「いやー……制服良いよなぁ……うぁー……」

「も、もういいってば」

「なんかほら、他校の彼女連れて歩いてる気分だなこれ。まあ厳密には俺の淡く切ない片想いだけど。全世界に自慢しながら歩きたい、皆さんこれが名生蘭です拙者の好きな人でござりんちょふ」

「大変だよ蘭ちゃん！　蘭ちゃんがかわいすぎて日之出くんがオタクになってる！」

突然、漫画やアニメで見るような極端なオタク口調になった綺と、そんな綺を本気で心配しだす杏未に囲まれるこの状況は、もしかしなくてもかなりカオスである。

それでいて私は赤面したままなので、いよいよ収拾がつかなくなっている。

すうっと大きく息を吸い、心を落ち着けるように息を吐いた。

「ほら、時間は有限だから。早く行くよ」

「そっそうだぞオタクくん！」

「おほっ」

「日之出くん……その笑い方はちょいキモかもです」

「思った。あぶねえ、自我を失いかけてた」

失いかけてるというか、もう八割どっかにいってたけどね。心の中でそう突っ込みを入れつつ、文化祭に意識を戻す。

時間は有限。日々の無駄遣いをしてばかりだった私の口から、そんな言葉が出るとは思わなくて、自分に少し驚いた。

今日を楽しみにしていたのは、きっとみんな同じだ。

失った時間を上書きしたい。今しかできない青春を堪能したい。

「……てか。デートみたい、じゃなくて、デートだし」

制服は無敵だ。着るだけで、女子高生の肩書を背負うことができる。青春の二文字が似合う人になれるから。それだけで、どうしようもなく心が躍るのだ。

「蘭ちゃんわたしの存在忘れてない……？」

「杏未と会うのだってデートだよ」

「だってよ日之出くん！　蘭ちゃんを独り占めはさせないんだからねっ」

「藤原ちゃんホント蘭のこと好きだよな」

「日之出くんも蘭ちゃんのこと好きすぎ！」

「ちょっと、ホントふたりとも静かにして……」

綺と杏未と過ごす時間は、何気ない会話だけでこんなにもワクワクする。

今日という日の一分一秒を、全て逃したくないと思った。


「補導されますよ、この時間にその恰好《かっこう》は」

「着替えるの勿体ないなって。私は、毎日着るわけじゃないから」

「夢の国行った日にずっと帽子かぶってたいあれと同じ現象ですか」

「まあ、感覚的にはそうかもです」

「わかりやすくていいっすね」

「たとえ話をしたのは真夜中さんですけどね」

その日の夜、時刻は二十二時手前のこと。

日中、綺は休憩時間をまるまる私にくれて、勝手のわからない高校の文化祭でも存分に楽しむことができた。

文化祭を楽しんだ後、杏未と私は駅前でプリクラを撮り、カフェに寄った。

あれが楽しかったとかこれが面白かったとか、あっという間に思い出になってしまった出来事を、日が暮れるまで記憶をたどり、笑い合った。

楽しい時間ほど、時間が過ぎるのはあっという間だ。綺と出会ってから夜が短くなったように、杏未と仲直りしてからは、日中の空白が短くなった。

今日だって、気づいたら一般公開の時間が終了間際だったのだ。二日間あるうちの二日目だったこともあり、綺は片付けや後夜祭の都合で一緒に帰ることはできなかった。

カフェからの帰り道、綺から「今日公園行くの厳しいかも」という旨の電話がかかって来た。

イベントごとがあった日は、夜になってどっと疲れが訪れる傾向がある。楽しい時は、アドレナリンが出ているせいだろう。ふとひとりになった時に、ああなんか疲れたな、と感じるものなのだ。

綺には、「私も今日は楽しくて疲れたから早めに寝るよ」と言った。

しかしながら、制服を脱ぐのがどうにもこうにも名残惜しく、私は小一時間ほど前に、ひとりで公園へと向かったのだった。

持ち物は、イヤフォンとスマホ、それから十七歳の私だけ。

今日は日中たくさん食べたからという理由で、自主的に財布は家に置いてきた。

最近、私にしては随分と健康な夜を迎えてばかりいたので、ひとりでこうして遅い時間に外に出るのは久しいことだった。

おまけに今日は制服だ。制服で公園に長居するのはなんとなく気が引けたので、帰る足でコンビニに向かった。

財布を持ってきていないから、今日はアイスを買わない。彼がいなかったら帰る。そう心に決めていた。

初秋の夜は、風がとても心地よかった。

二十四時間営業のコンビニは、今日も夜に似つかない光を保ってそこに存在している。二十時に来る時よりも、静けさがあった。

自動ドアを抜けると、私に気づいた深夜バイター、通称真夜中さんが「あ」と声を上げた。

「こんばんは」

「こんばんは。今日はひとりなんすね」

真夜中さんとふたりきりで話すのはいつぶりか。

私と綺はいつしかハッピーセットみたいになっていて、一緒にいないと違和感すら覚えるようになったと、以前真夜中さんに言われたことがあった。

出会ってから二か月やそこらではあるものの、大切にしていきたい人や時間が増えたことを実感して嬉しくなったのだ。

「文化祭どうでした？」

真夜中さんが問う。「楽しかったですよ」と短く返せば、「そうですか」と穏やかな声で言われた。

楽しかった、本当に。制服を脱ぐことを勿体ないと思ってしまうほど、帰りたくないと思ってしまうほど、充実していた。

人とぶつかって買ったばかりのチュロスを落としてしまったことも、お化け屋敷で杏未に服を引っ張られまくったことも、綺と杏未と三人で青春をしたことも。

愛おしくて、一生忘れたくない時間だった。

青春が戻って来たような気分になれた。私が学校にちゃんと通っていたら、他のイベントごともこんなふうに楽しめたのかもしれない。

杏未と同じクラスだったら。綺と同じ高校だったら。毎日、制服が着れていたら。

「良いと思います」

私の思考を遮って、店内に真夜中さんの声が落ちる。何も具体的なことは言っていなかったから、何に対して〝良い〟と言われているのかわからなかった。「え？」と反射的に声をこぼす。真夜中さんは表情を変えないまま続きを紡いだ。

「良いんじゃないですかね。人間ってそんなもんですよ、知らんけど」

「……あの、何も明確じゃないですよ」

「だから、知らんけどって付けたじゃないすか。ミヨーさん、多分なんか、また一歩踏み出そうとしてますでしょ、知らんけど」

「一歩って」

「憶測ですけど。文化祭行って、学校いいなって思ったとか。夜だけじゃ物足りなくなってきてる。知らんすけどね、まじで、具体的なことは。でも、良いと思いますよ。そういう漠然とした何かって、人生において大事なことなんじゃないかと思うんで」

知らんですけどね。四回目の「知らんけど」を付け足したあと、あまりの曖昧さに自分で笑えてきたのか、真夜中さんがククッと肩を揺らしていた。

そんなにもわかりやすい雰囲気が出ていたのだろうか。心に抱えた不安や少しの期待まで見透かされているようで恥ずかしくなった。

「……ありがとうございます」

不明瞭な言葉だったけれど、漠然としたそれが、時に背中を押してくれる材料になることを私は知っている。何とは言わずお礼を言うと、「どういたしまして」とまんざらでもない返事がきて、なんだか笑えた。

「それよりミヨーさん、今日アイス買わないんすか」

「あ、いや今日は財布を忘れて……あ、」

ふと、思いだす。制服のポケットに閉まったまま忘れていた、五百円の存在。

「どうしたんすかそれ?」

ポケットからそれを取り出して手のひらにのせる。真夜中さんに不思議そうに尋ねられたので、この五百円玉を貰うに至った経緯を話すことにした。

昼間の出来事。二五〇円のチュロスを落とした謝罪金で、倍のお金をもらってしまったこと。使っていいかわからなくてそのままポケットにしまったこと。

あの女性を、少しだけ、生きづらそうだと感じたこと。

「いや、勿体ないし使うべきです。何考えてるんすか? さすがに損すよそれは」

話を聞き終えて、真夜中さんがひとこと。迷う余地がなかったことが意外で、少しだけ動揺してしまった。

「貰ったんだから、その五百円はミヨーさんのものっすよ。拾ったわけでもないんだし」

「そういう……もので、いいんですかね」

「いいんすよ。その五百円くれた人に生きづらそうって言うけど、おれからしたらミヨーさんもその人も、同じくらい生きづらそうです」

そう言われては何も言い返せまい。「じゃあ使います」とだけ言って、私はアイスコーナーに向かった。

どうせなら自分じゃ買わないような高いアイスを買おう。二七二円の高級アイスをひとつ買っても余る値段だし……真夜中さんにもおすそ分けしようかな。

「菩薩くんのところでも行くんすか」

クッキー&クリーム味の高級アイスをふたつ持って、再びレジに向かった。ピッとバーコードをかざしながら、真夜中さんが問う。

「まさか。この一個は真夜中さん用です」

「え」

「あげます。いつも相談乗ってくれてるんで」

「つってもおれ、半分くらいちゃんと聞いてないっすよ」

「聞き捨てならないですね」

「ジョークです。お会計、五四四円です」

「……あ、四十四円貸してください」

「ばかやろうっすね。算数からやり直しましょう」

ふはっと軽く笑われる。

「ちなみに、この五十円返そうとかは思わなくていいっすからね。おれも一応大学生だし、年下の女の子に五十円返せよ絶対だぞとか言ってたらダサいじゃないすか」

ポケットから五十円を取り出した真夜中さんが、私の心を先読みして言うものだから、お言葉に甘えて「ありがとうございます」とだけ言った。

仕事中かどうかは、二十二時を過ぎたこのコンビニではさほど重要なことではない。

しかしながら、イートインスペースに二人で座り、いつもより高級なアイスを食べる二十二時二十五分は、とても不思議な時間だった。

「あの、おれ、考えることがあって」

「はい」

「彼女と別れようかなって」

真夜中さんがぼんやりと店内の蛍光灯を見つめている。

悩みであるはずのそれは、既に答えが決まっているようにも聞こえた。

そういえば、初めて真夜中さんと話した時に、彼女とはよくわからないまま付き合っているって言っていたような気がする。真夜中さんは私を見ていると元気が出て、漠然と勇気を貰えるとも言っていた。

変わる勇気すらないと呟いていた真夜中さんも、この二か月の間で変わるために動いているみたいだ。

「いいんじゃないですか。……知らんけど」

不明瞭な言葉でも、漠然とそれが時に背中を押す材料になる。

真夜中さんの未来がどう変わるかは、私は何も知らないけれど。

それでも、少しでも勇気に繋がるのなら、私は真夜中さんにとって意味のある存在になれたかもと思うのだ。

「ふは、ありがとうございます」

「どういたしまして」

私は、まんざらでもない返事をした。

九.　あの夜はいつになっても

「あら、今から行くの、綺」

玄関でスニーカーを履いていると、母にそう声をかけられた。耳だけを傾け、「うん」と短く返事をする。

日曜日の十九時。

夕飯を食べ、全ての食器を片付け終えたあとのことだった。「門限までには帰るのよ」と、相変わらず世話焼きな母が付け足す。

高校三年生、十八歳の息子にかける言葉にしては、少しうざったい言葉のような気もする。

しかしながら、そんな母に慣れてしまった自分もいて、目は合わさず、もう一度「うん」と返した。

一般的な家庭の普通はわからないが、俺の家はとても標準的だといえるだろう。

少々世話焼きな母と、温厚な父、それから二つ下の大人しい妹。標準的だからこそ、俺が深夜に外に出ていることに気づいた時、母はとても心配した。

父は、綺麗な星空が見たかった、と本音と嘘の混ざった俺の言い訳を否定することも肯定することもせず、「門限は二十一時半だぞ」と言った。

妹は、「誕生日プレゼント」と言って家庭用プラネタリウムをくれた。

優しくあたたかい家だと思う。とても恵まれていたと思う。

蘭に会えない日が続いた時はどうしようかと思ったけれど、思い切って夜をともに越えたい人がいる話をしたところ、二十一時半までに家に帰るという条件下であれば良いと言われた。

母は、会ったこともない蘭のことをやけに心配していて、「優しくしてあげなさいね」と言った。父は、大切にしたい人を大切にしたい時に大切にしろと言った。妹は、「今度顔見せて」と言った。

家族の理解もあり、蘭と会うことは、俺の生活の一部になった。

太陽が出ている時間に会うことも増え、蘭と過ごす時間の使い方のキャパが広がり、藤原ちゃんとの交流も含め、とても有意義な日々が続いていた。

「気を付けてね」

「おう」

今日もいつも通り、公園で待つであろう蘭のもとに向かうつもりでスニーカーを履いた。かかとを二回鳴らし、ポケットにスマホと財布が入っていることを確認して、ドアノブに手をかける。

すると、「あぁ」と思いだしたように母が口を開いた。

「そういえばねぇ、この間買い物に行った時にあの子のこと見かけたわよ」

「あの子？」

「えぇと……名前が、えーっと……ほら、いたでしょう、鬱になっちゃった子」

どくん。穏やかに脈を打っていた心臓がざわめきだす。動きを止めて、振り返る。

母は、事情を何も知らない。「優しくしてあげてね」と、呪いのような言葉をかけたことさえも、もしかしたらもう覚えていないかもしれない。

鬱になっちゃった子。俺が中途半端に優しくして、手を離したあの子だ。

忘れもしない。忘れることすら、できない。

「……やえ？」

「ああ、そう、その子。今、大学の近くで一人暮らししてるみたいよ」

やえ。名前を声に出しただけで、五年の間封印していた罪悪感が一気に放出された気分になる。

母がやえと会ったのは人通りの多い駅前だったとのことで、この辺りに住んでいるわけではない事実にほっとした。

「大学入ってからは身体の調子も良いんですって」

「……ふうん」

それは、やえの心に寄り添える人がそばにいるからだろうか。

やえに余計な不安や心配を与えないほど、やえのことをいちばんに考えてくれる人を見つけたから、心が穏やかなのだろうか。

ばったり会ってしまったら、俺は何をどう謝っていいかわからない。

五年前で、俺の中で情報は止まったままなのだ。

俺はやえを救えなかった。最後まで優しくできなかった。誰かに心配されてばかりいるやえのことを、羨ましいとすら思っていた。

俺はそういう奴だ。

母がやえと遭遇したという話を聞いてから、動悸《どうき》がおさまらない。どうにもできない後悔に押しつぶされてしまいそうだった。

「懐かしいわねぇ。親戚の方は今も同じところに住んでいるって話よ。『綺は元気ですか』って。やえちゃんって、あんなに話す子だったかしらねぇ」

「……さぁ」

「ほら、せっかくだし連絡してあげればいいじゃない。会いたがってたわよ。あぁ、やえちゃん番号とか変えてないって――」

「いいって、そういうの」

会いたがっている？　やえが？　俺に？

綺は何も変わってないね、変わろうともしてないね。

聞こえるはずのない音が聞こえる。やえはきっと、俺のことなんか嫌ってるはずだ。

無理だ、俺には。やえには会えない、会いたくない。

俺はまた、こうして逃げることしか選べない。

「俺、もう行く」

「え？　あぁ、行ってらっしゃい」

母に背を向け、俺は足早に家を出た。


季節は移ろい、紅葉が咲き誇る十月になった。

今日は日曜日で、私はというと、十八時過ぎまで杏未と一緒に図書館にいた。

図書館は良い建物だと思う。開館時間は早いし、年中無休。いつ訪れても快適な気温で過ごせる。学生のテスト期間でなければ、人はそう多くない。

夏までは週に一度、杏未とカフェや喫茶店に行ったり、一緒に出かけたりしていたけれど、しがない高校生と不登校少女が週に何度も美味しいものを食べれるほど金銭的に余裕があるわけもない。

ふたりで話をし、文化祭が明けたあたりからは、週に二度、図書館で会うようになった。お金がかからないという意味でも、図書館は学生に優しい場所だった。

ブルーライトカット眼鏡を購入したこともあり、不安はもうなくなっていた。

杏未と別れ、その足で公園に向かった。言わずもがな、綺と会うためだ。

夏とは打って変わり、日が落ちるのが早くなった。十七時でも辺りは薄暗くなっていて、十八時にもなればあっという間に夜が来る。

今日もぼんやりとベンチに座り、たわいない話をしながら星を眺める時間が来るのだとばかり思っていたから、十九時過ぎに公園にやって来た綺が、どことなく元気がなくて、私は少し動揺していた。

「綺」

「うん」

「なんか……元気ない？」

「うーん……」

私が落ち込んでいる時、悩んでいる時、綺はなんて声をかけてくれていたっけ。

人を慰めたり悩み相談に乗ったりする機会は、友達が少ない私にはあまり縁がないことで、どう対応するのが正解なのかわからなかった。

それでも、放っておきたくはなかった。

綺は自分のことをあまり話したがらない。昔のことも、いまだに何も教えられてはいないのだ。

綺がそれでよしとしているから、私が下手に掘り下げることでもないと認識していた。だからこそ、軽率には触れられなかった。

人は嘘をつく。平気じゃないのに平気なふりをする。大丈夫じゃないのに、大丈夫だと言う。

綺にひとりで抱え込ませたくない。痛みを誰かと共有できたら、少しは心が軽くなるかもしれない。

助けてもらってばかりの私ではいたくなかった。

綺にもう、「大丈夫」って言わせたくなかった。

「ねえ、綺」

「うん？」

「前にも言ったけど、綺には可能な限り、平和の中を生きててほしいって思う」

きみの過去を受け止めるには、私じゃ頼りないかもしれない。

うまい言葉をかけてあげられないかもしれない。

不登校で、簡単に夜に逃げてしまうような私だけど、そんな私に生きがいと居場所をくれたのは、他でもないきみだから。

「元気ないなら元気づけてあげたいし、話したくないことは話さなくていいけど、ひとりで泣いてほしくない。人に話してもどうにもできないことなのかもしれないけど……それでも、大丈夫じゃない綺を見て見ぬふりなんか、できないよ」

「……蘭」

「綺は、私の大切な人だから」

だから、無理して自分の過去を話すことも、封じ込めることもしないでほしい。

そう言って、私はきゅっと下唇を噛む。

改めて言葉にするのはとても恥ずかしかった。夜じゃなかったら言えなかったかもしれない。慣れ親しんだ夜の空気にだけ許せる、らしくない台詞だった。

くしゃり、頭を撫《な》でられる。ぱっと顔を上げると、綺は笑っていた。

纏う雰囲気は優しくて、穏やかで、だけどとても、儚い。

表情だけじゃ、抱えているものの大きさは測れなかったけれど、綺がどうしようもなくちっぽけな存在に思えて、私は手を伸ばす。

無意識だった。ちゃんと繋ぎ留めておかないと、このままどこかへ行ってしまいそうな気がしたのだ。

「……らん」

今まで呼ばれた名前の中で、いちばん弱く、掠れた声だった。

手を伸ばした先、確かに触れていた。何処にも行かないように、強く。

鼻を掠める綺の香りに、どうしてか泣きたくなる。

「俺はどうしたら前に進めんのかなぁ……」

そのままのきみでいていいの。

綺は綺のまま、あなたの思うままに、生きていいじゃん。

そんな思いは簡単には声に出せないまま、私は綺を抱きしめることしかできなかった。


綺の話を聞いた。それが、綺が私に初めて見せた過去だった。

不安定な幼馴染がいた。彼女に最後まで寄り添うことができずに逃げたこと。

誰が嫌いとかダメとかじゃないのに、何もかも突然嫌になる時がある。幼馴染の彼女が言っていたその意味を、身をもって実感してしまったこと。

今もまだ、自分のことを許せずにいること。

話し合うこともせず逃げ続けて五年。今になって母親が偶然彼女に遭遇して、綺のことを気にしているみたいだから連絡をしてあげたら？　と言われたこと。

どうしていいかわからない。綺は、私にそう言った。

「やえに優しくしたのは、同情だった」

「……そう、なのかな」

「やえは苦しそうだから、寂しそうだから。俺がそばにいてあげないと、俺が優しくしてあげないとって、そんな自分に酔ってたんだよな、多分。優しい俺でいたかったんだ。誰かの力になりたいなんてさ、結局はただのエゴだから」

「そんなことは……」

「やえじゃない。……俺は、俺が邪魔で進めない」

私の肩に顔をうずめていた綺は、話している間、いったいどんな顔をしていたのだろう。洟を啜《すす》るような音と、掠れた声が交互に聞こえるたびに、胸が苦しかった。

綺は人の変化によく気づく。私と出会った時からずっとそうだった。そしてとても、優しくて思いやりがある人だ。

一般的に考えて、家族で出かけた帰り道に通った公園で、ひとりでベンチに座ってぼーっとしている不良少女を見かけても声をかけたりはしないから。

自分を知らない人と、自分の話がしたい。

あの夜、突然現れた綺にそう言われてとても驚いた。

けれど、それと同時に、私はとてもわくわくしていたのだ。だから名前を教えた。

だから、きみの話を聞いた。

純粋にとても楽しかった。出会って数か月経つけれど、今でも時々ふと思い返すほど、綺と出会った夜は印象的だった。

「蘭が変わっていくの、嬉しくて……でも、怖かった」

私の知っている綺は、好奇心旺盛で、少し雑で。コーラは缶で飲むし、季節限定のアイスを生きがいにしていて、公園で夜を越える私に声をかけちゃうような変な人。

だけど本当は、誰よりも優しくて繊細な人だ。

置いて行かないで。縋《すが》るように背中に回った腕に力がこめられる。強い力で抱きしめられたので、同じくらいの力で私も抱きしめ返した。

どうにもできない過去がある。立ち止まるしかできないことがある。

それでいいじゃないか。話し合って向き合うことは大切なことだけど、心を殺してまでやらないといけないことではない。

終わりが見えないことは苦しい。いつまで続くかわからない不安にとらわれるのはしんどい。だけど向き合うことはできない。

怖い、つらい、どうしていいかわからない。

「自分で終わらせよう、綺」

だから、自分で打つしかないのだ、いちばん納得できる終止符を。

「綺はどうしたい？　どうなりたい？　これから」

「俺は……」

「私たち、まだ子供だから。ワガママなんかいっぱい抱えて生きていいんだよ。勝手にひとりで大人になろうとしないで。好きなこといっぱい好きって言って、嫌いなことから逃げていいじゃん。ねぇ、綺」

『完璧になろうとしなくていいじゃんか。言ったろ、逃げたとしても、過去はどうしたってついてくる。その過去を連れた自分ごと受け止めて、それが自分なんだって受け入れないと、いつまでたっても自分のことは好きになれない』

綺が、そう言ってくれたんじゃないか。私だけに言えたことじゃない。

綺だって、私と同じだ。

同じくらい脆くて、弱くて、人間らしい生き方をしていると思う。

「私、学校に行きたいって思ったよ」

綺の身体を抱きしめながら、ぽつりと呟く。綺から返事はなくて、代わりにズズッと洟を啜る音が聞こえた。

学校に行きたいと思った。そう思ったきっかけは、当然のことながら先日の文化祭である。

杏未と綺と一緒に過ごしたあの時間が宝物のようだった。

私がちゃんと学校に通えていたら、何気ない日常もきらめいていたかもしれない。

綺が私の学校の文化祭に来ることだってあったかもしれない。

これは後悔ではない。私が、私を好きになるための振り返りだ。

杏未が言っていたように、空白の時間があったからこそ、今こうして考えることができた。

きっかけなんて、そんなもんだ。そんな感じでいいのだ、人生は。

留年確定でも、杏未以外に友達がいなくても、マイやシホ、桜井くんと顔を合わせなくてはいけなくても。

今の私なら、漠然と大丈夫な気がするから。

私がひとり、太陽の光から逃げるように部屋にこもって、誰に見せるわけでもない読書感想文を書いていた時間も、夜を歩いていた時間も、無駄だなんて思わない。

自分のことを空っぽだとも、もう思いたくはなかった。

「普通から逃げたから、綺に会えたし、杏未とも仲直りできた。真夜中さんとも知り合えた。綺と見た星も、学校に行っていた頃の私は知ることができなかったから。だからね、悪いことじゃないんだよ、逃げるのって」

逃げていい。逃げていいから、その代わり自分のことをちゃんと受け止めてあげよう。

「綺は、どうしたい？」

ゆっくりと身体を離し、綺の瞳を見て、もう一度問う。目尻が少し濡れていた。綺の口が開き、途切れ途切れに言葉を紡ぐ。

これから綺が紡ぐ音を、一音たりとも逃したくなかった。

「俺は……やえには会いたくない、向き合いたくない。……このまま、全部なかったことにしたい」

「うん」

「……けど、言わなきゃいけないこともある。あの時何も言わずに離れてごめんね、ずっと味方でいられなくてごめんねって」

「うん」

「……やえに、謝りたいよ、俺」

綺が落とした、心からの本音だった。

やえに謝りたい。繋いだままの手をぎゅっと握られる。その手は少しだけ震えていて、私は包み込むように握り返した。

大丈夫、大丈夫だよ綺。あなたはぜったい、大丈夫。

根拠のない「大丈夫」だったけれど、それが、今の私が言えるいちばんの言葉だと思うから。

「じゃあ謝ろうよ」

聞く話によれば、西本やえの連絡先は、五年前と変わっていないとのことだった。

ラインの友達にはいないけれど、電話番号とメールアドレスは、電話帳の中に残したまま消せていないと綺は言う。

「電話が怖いなら、文字に頼っていいと思う。もし返事がなくても、その時はその時だよ。五年も連絡を取っていなかったんだから、それは綺が悪いわけでもやえさんが悪いわけでもないよ。綺が、ちゃんと納得できる形で終わらせることが大切だから」

「……うん」

「言えなかったこと、全部言ったほうが良い。勇気を持つならとことん持たないと勿体ないから。言い損ねて後悔したら元も子もない」

「……うん、だよな、うん」

「ごめんね」も「さよなら」も「ありがとう」も。どんなに思っていても本人に伝わらないのでは何も意味がない。伝えたいと思う相手がいるなら、伝えるべきだ。

私にとっての杏未がそうだったように、綺にとってのやえさんもそうなのだ、きっと。会う勇気はないけれど、ごめんねを言いたい。あの時の後悔を救いたい。ワガママでいい。

だって私たち、若さを武器にできる高校生だから。

「大丈夫だよ。綺はぜったい大丈夫。……知らんけどねっ」

真夜中さんが私によくやるみたいに語尾にそうつけると、「保険かけんなよ」と笑われた。

「……ありがとう、蘭」

「どういたしまして」

ハンカチは持っていなかったので、服の裾を伸ばし、ぐいっと目尻に溜まる雫を拭う。綺の泣き顔を見たのは初めてで、ちょっとだけドキドキしたのは、不謹慎だから墓場まで持っていくことにする。

夜の空気が澄んでいる。満天の星が味方するように、私たちを見守っていた。


ずっとずっと、生きるのが辛かった。

両親はわたしが五歳の時に事故で死に、それからは親戚の家を転々とするようになった。転校が多かったけれど、コミュニケーションがへたくそなせいで友達はできず、親戚と暮らす家は、どこか他人の家に転がり込んでいる感覚があった。

何をしていても孤独と寂しさを感じてしまう。

学校にはなかなか馴染めず、いつしか行くのをやめた。不登校というだけで、社会に対する人権がなくなっていくような気がした。

「なぁなぁ、学校行かないの」

中学一年生の時だ。本来学校に行くべき時間に、近くの小学校の裏にある公園でぼんやりと空を見上げていたわたしに、声をかけてきた男の子がいた。

それが、わたしと綺の出会いだった。

「やえちゃんは、幸せじゃないの？」

「……わかんないの。でも、生きるのはずっとつまらない」

「誰もわたしのことなんか見てないし興味ないって思うのに、みんなどうせわたしのこと嫌いで、死ねばいいって思ってるんだろうなっても思うの」

「そうなの？」

「そうかなぁ。死ねとか思わないけどな、フツウ」

「綺くんは、優しいね」

綺は優しかった。最初からずっと、こんなわたしにも優しくしてくれた。

四つも年下の小学生なのに、綺のほうがよっぽど大人だ。気を使えるし、人の変化によく気づく。

綺は、どこにいても馴染めなかったわたしにとっての、唯一の居場所だった。

どんなに心が不安定で、学校に行くのが怖くて、もうこのまま消えてしまいたいと思っても、綺といる時間だけは楽しくて安心できた。

綺と会う日はよく眠れた。悪い夢を見なくなった。

綺がそばにいてくれるから、わたしは頑張れる。

わたしは病気なんかじゃない。少し不安定なだけ。少し寂しがり屋なだけ。

「綺がいなかったら、わたしはきっと今もひとりぼっちだった」

口癖のようにわたしがそう言うたびに、綺は「大丈夫」と言ってくれた。

やえは大丈夫、ダメなんかじゃないよ。

不思議と、本当に大丈夫になれた気がした。

いつからだったんだろう。いつからわたしは、綺の自由を奪うようになってしまったんだろう。

「綺はわたしがダメだから会いに来なくなったの？」

「綺は今日も来ないの」

「綺に会いたい」

「綺がいないならもう死にたい」

無意識のうちにそんな言葉がポロポロとこぼれ落ちるようになり、夜は眠れず、朝は早くに目が覚める。聞こえるはずのない悪口が聞こえる。

何をするにもやる気が起きず、一日中屍のように天井を見上げて過ごすようになった。ご飯が喉を通らず、体重が五キロ落ちた。

鬱になった。薄々そんな気がしていたので、叔母さんに病院に連れていかれた時、どこかほっとしていた。

わたし、やっぱりおかしかったんだ。不安定なのはわたしのせいじゃなかった。

絶対安心すべきことじゃないのに、病名がついたことに感謝すらしていた。

わたしが病気になった時、既に綺はそばにはいなかった。弱くて脆いわたしに愛想を尽かしたのだと思う。

その後すぐ、綺は家の都合で引っ越すことになり、わたしたちは疎遠になった。

五年の間、わたしも色々な経験をした。

綺がそばにいなくなってから、生きることを何度もやめようとしたり、その度に叔母さんに止められたり。人に迷惑をかけることしかできない自分にうんざりする日々が数年続いたけれど、こんなわたしのことも見捨てずにいてくれる人がそばにいたことがどうしようもなく沁みて、叔母さんのためにも生きようと決めた。

病気は徐々に回復し、遅れはあったものの、わたしは通信制の高校を卒業することができた。

大学生になり、新しい友達ができた。友達は、わたしの過去の病気のことを理解してくれた。依存先にならないように、甘やかしすぎず関わってくれている。

不登校で青春イベントをあまり経験したことがないわたしを思って、友達の弟が通っているという高校の文化祭に連れていってもらったこともある。

人混みは苦手だったけれど、ショッピングに連れていってもらううちに、外の環境にも慣れていった。

かつてのわたしには想像もできない生活。

人と会うこと、話すことが、楽しいと思うようになった。

綺の母親に遭遇したのは、駅前でショッピングをしていた時のことだ。

綺は元気に生きているらしい。夜に外に行くことが増えて心配だけど、大切な人ができたらしいという話だった。それを聞いて、心から安心した。

「あの、わたし連絡先変えてないので……あの、電話繋がります」

たどたどしい日本語に、綺の母親はきょとんとしていた。返事は聞かず、「それじゃ」と頭を下げて背を向ける。またね、と聞こえたような気がしたけれど、聞こえなかったふりをした。

「また」があるかどうかは綺が決めること。

わたしから綺に連絡をすることは、これから先もきっとない。綺の自由を、二度も奪いたくはないから。

あの時はごめんね。たくさん迷惑をかけて、綺の自由を奪ってごめんなさい。

もし、いつかまた綺に会えたら。

もし、いつかまた綺から連絡が来たら。

まともに脳が働かなかったあの時のわたしには絶対に言えなかった言葉を、綺はちゃんと伝えてくれるだろうか。

ブーッと、ポケットに入れていたスマホが振動した。大学の友達が泊まりに来ていて、一緒に餃子を作っている最中のことだった。

布巾で手を拭き、ポケットからスマホを取り出す。メールの赤い通知マークが付いている。

「メールだ」

「叔母さん？　にっちゃんのこと常に心配してるし」

にっちゃんというのは、大学に入ってから付けられたわたしのあだ名だった。西本やえの頭文字を取るなんて、少し斬新だなと思った記憶がある。

「いや、多分何かのメルマガ……」

画面を開き、言葉を失った。不自然に言葉が途切れ、そのまま全身の力が抜けたようにその場にしゃがみ込む。

日之出綺。今、メールを送ってきたのは、日之出綺だ。

いつ見ても美しく、インパクトのある名前。忘れることなど、できるわけがない。

「にっちゃんー？」

友達の声は右から左へと流れていく。震える手でメールを開いた。

どくんどくん、心臓がざわめいている。

こんなにも速く脈を打つ感覚は、きっと後にも先にも今だけなような気もした。

【突然の連絡でごめん。時間があったら目を通してほしいです。】

長い文章を、一字一字逃さないように丁寧に追っていく。

正しく息をしていたかすら定かではなかった。その間、友達がわたしになんて声をかけていたかもわからない。

「にっちゃん？」

「……っ」

「え……な、なんで泣いてるの、待ってどうしたのにっちゃん」

数分かけてメールの文章を読み終えた時、わたしは泣いていた。

次から次へと溢れる涙を、友達が慌ててティッシュで拭ってくれる。優しい人が、そばにいてくれたことに心から感謝した。

そこには、空白の五年に留まらず、綺が抱えていた感情全てが記されていた。

綺麗なものだけじゃない。言われるまで知らなかった綺の黒い感情も、後悔も、全部だ。

この文章を打つのにどれだけ時間をかけたのだろう。どんな気持ちで連絡先からわたしの名前をタップしたのだろう。

綺にとって、名前を見ることすら苦しいはずのわたしと向き合うことは、どれほど勇気のいることだったのだろうか。

「返信……しないの？」

「しない……。しちゃダメなやつだと思うから」

返事をしたら、綺は優しいから、きっとまた余計な気を使わせてしまう。

届いたよ。綺の気持ち、ちゃんと届いた。欲を言えば、目を見て言葉を交わしてさよならをしたかったけれど、それでも良い。

綺だって、言わないだけでセンサイだったみたいだ。

気づけなくてごめんね。長い間、苦しい思いをさせてごめんなさい。もう平気だよ。今のわたしは、誰かの優しさに甘えなくてもちゃんと生きていけるから。

「全然大丈夫っ！」

ズビッと洟を啜り、ゴシゴシと目を擦る。きっと今のわたしは目も鼻も真っ赤になっているんだと思う。

苦しいし、寂しいし、辛いけど、でも。

「餃子作ろ！」

「えぇん……にっちゃん無理しないでよ……？」

「無理じゃないよっ！　大丈夫大丈夫！　あーお腹減ったー！」

わたしにはわたしの今がある。餃子を一緒に作ってくれる友達もできた。根拠のない「大丈夫」を、自分自身に向けるくらいの心も持っている。

あなたがいなくても、わたしはもう大丈夫。

もうこの先、綺とは会うことも話すこともないけれど、どうか健康で穏やかな日々を過ごしていることを、陰ながら祈っているから。

今までたくさんごめんね、たくさんありがとう。

「にっちゃんが言うなら深くは聞かないけど……。よーし！　いっぱい食べて泣いちゃうようなことは全部取っ払おう！」

「よーし！　お肉いっぱい詰めちゃおっ」

「いいねいいねっ！　こっちはイカタコ入れちゃう！」

「海鮮餃子！　最高！」

さよなら、どうか元気でね。

十.　名前をつけるとするならば

「あーあ、恋したいなぁ」

金曜日の夕暮れ時、放課後の教室にて。

冬期休暇が着々と近づく十二月半ば、窓からグラウンドを見つめていた杏未は、ペットボトルの紅茶を一口啜り、ため息交じりにそんな言葉を落とした。

つられるように視線を向ける。窓の外は雪が降っていて、グラウンドに白い膜ができていた。

寒い中グラウンドを走る陸上部の姿やマフラーやコートに身を包み、お互いの温度を共有するように素手を重ねて歩くカップルをとらえ、青春だな、と思う。

「冬ってやっぱ人肌恋しくならない？　センチメンタルっていうかー」

「んー……まあ、わかるかも」

「だよねぇ。はぁ、良い人いないかなぁ」

窓の外、見るからに冷たそうな白い世界から目を離し、机の上に広げた数学のワークに視線を落とす。

世界は今日も忙しない。

私と杏未が放課後、こうして誰もいない教室で景色を眺めている間にも、勉強や仕事に追われている人がたくさんいるのだ。

あっという間に冬が来た。

私と杏未が駅前のカフェで泣きながら話をしたのは太陽が照りつける夏場のこと。放課後の教室に通うようになったのは、紅葉が散り始める秋の終わりのこと。

すっかり変わった景色を見て、少しだけセンチメンタルな気分になる。杏未の言う通り、冬は、そういう季節みたいだ。

杏未は、推薦入試で無事進学先が決まり、春から隣の県で一人暮らしをすることになっている。センター試験や一般入試を受ける予定の同級生はこの冬からが勝負時なのに対して、推薦組は時間に余裕があるので、杏未とは以前より会う時間が増えた。

一方私はというと、学校に行きたいという旨を母に話し、ふたりで一緒に学校に出向き、担任の先生と三者面談をした。

三年間のうちの半分以上不登校を続けていたので、出席日数をはじめ、卒業に必要なものが諸々足りていないらしく、予想していた通り、留年は免れないみたいだ。

来年からもう一度三年生を一からやるか、もしくは通信制の高校に転入するという方法があると言われ、私は迷わずこの学校でやり直すことを選んだ。

当然のことながら杏未は卒業してしまうし、ひとつ年下の人たちと授業を受けることには多少の居心地の悪さを感じるけれど、中学生の私が行きたくて選んだ高校がここだったから、同じ場所でやり直したいと思ったのだ。

名前ばかり在籍していた三年生のクラス担任は、現代文の授業を受け持っていた人だった。

温厚で優しそうな雰囲気が漂うおばあちゃん先生で、受験が本格的に始まって多忙な時期なはずなのに、突然「学校に復帰したい」と言い出した私にも丁寧に対応してくれた。

「言いたくなかったら言わなくてもいいです。どうして、学校にもう一度来たいと思ったんですか」

三者面談の時、先生は私にそう言った。

ネットで少し調べたけれど、小学校・中学校と違い、高校で不登校になると復帰が難しいらしい。

部活等をやっていた生徒だと尚更、留年することに抵抗がある人もいるとかで、そのこともあって通信制の高校も案として出してくれていたようだ。

どうしてもう一度学校に来たいと思ったか。

想像できる困難や周囲の目より、想像で心が躍るような青春のほうが多かったから。

自分で避け続けていたきらめきを、もっと近くで感じたかったから。

私の好きなようにしてよいと見守ってくれる家族と、一緒に泣いたり笑ったりしてくれる大切な人が背中を押してくれたから。

「今の私なら、頑張れる気がしたんです」

名生蘭。あなたは、私は、絶対大丈夫。

味方がたくさんいる。立ち止まる勇気を持っている。誰かにとっての救いにもなっている。

だから、大丈夫。夜を越えて、朝が来ても、私は大丈夫だからね。

呪文のように「大丈夫」と唱えて無理やり自分を認めてようとしていた頃より、ずっとずっと自分の「大丈夫」に自信が持てるようになった。

休んでいる間の学習について聞かれた時のためにと、引きこもっていた頃に毎日書いていた読書感想文を数枚持ってきていたので、現代文の先生だし、と気まぐれで提出すると、「あなたはとても素敵な人です」と言って、先生は微笑んだ。

それだけで、あの頃の自分が救われたような気がした。

学校には、春休み明けの新年度から通うことにした。そのほうが区切りも良く、交友関係も築きやすいのではないかと提案されたのだ。

かわりと言ってはなんだが、今年度のうちは、ざっと高校生の勉強を振り返ることができる参考書を買って勉強することを勧められた。

異論はなかったので、三者面談はその言葉に頷いたところで終了した。

参考書やワークについては、学校に来て取り組んでもかまわないとの話だったので、週に一度、放課後に保健室登校をするようになり、今に至るというわけである。

ホームルームを終えたあと、杏未が保健室に迎えに来てくれて、空き教室に移動する。

その間、マイやシホとすれ違うことはなかった。杏未が、保健室に迎えに来る前にふたりが帰ったかどうか確認してくれているようだ。そんな面倒なことしなくていいよと言ったけれど、杏未は譲らなかった。

「かわせることはかわそうよ。逃げじゃないよ。蘭ちゃんがマイちゃんたちと話したいとかだったら話は変わるけど……そうじゃないなら、これは逃げじゃない。せっかく前を向いて行こうとしてるんだから、不安要素は少ないほうが良いと思うの」

「……確かに」

「それにわたしも、ふたりのことは……どうしてもずっと怖いままだから」

みんながみんな、私と杏未がそうできたようにわかり合えるわけじゃない。

だからこれは、正しい「選択」だ。

そうやって、人は自分を見つけているのかもしれない。

彼女たち以外の同級生とすれ違うことはあったが、不思議そうに見られても、杏未が隣にいてくれたから平気だった。ブルーライトカット眼鏡も心強い私の味方だ。

制服を着る機会が増えた。春がきたらまた毎日着ることにはなるけれど、杏未と一緒に高校生をやれるのは今だけだ。

数少ない私たちの高校生活をめいっぱい味わいたくて、私が保健室登校をした日は、杏未と寄り道をして帰るようになっていた。

恋がしたい。それは、卒業を控えた高校三年生の切実な願望なのだと思う。制服でデートができるのも、過ちをお酒のせいにできないのも、高校生というブランドの枠にいるうちだけだ。

「杏未って、これまで彼氏とかいたことあるんだっけ」

「うぅーん……ひとりだけ」

杏未には、二年生の時に付き合っていた人がいたみたいだ。好きだと言われて、優しそうな人だったから付き合うことになったけれど、半年ほどで別れてしまったらしい。

思い返せば、杏未とはこれまであまり恋愛の話をしてこなかった気がする。

それは一年生の時からだ。マイやシホは誰がかっこいいとか誰を狙っているとか、そういう話をよくしていたけれど、杏未と私はふたりの話に頷くばかりで、自分の話をするタイミングがなかった。

「告白されてね、半年くらい付き合ってみたんだけど……『杏未って俺のこと好きじゃないよね』って言われて。ああ、確かに、辛い時とか寂しい時とかにいちばんに頭に浮かぶのってこの人じゃないなーって気づいたんだぁ」

「そうなんだ……」

「その人はすごく優しくて良い人だったから傷つけちゃったかもなんだけどね。でもすごく平和に別れたよぉ」

辛い時とか寂しい時にいちばん最初に頭に浮かぶ人。それが、杏未にとっての大切な人の基準らしい。

「てか私、二年生の時とか、蘭ちゃんに送るレターセットのこと考えるか期末試験のこと考えるかしかしてなかった気がする」

ついでのように付け加えられたので、元カレさんに申し訳ない気持ちと、そんなにも私のことを考えてくれていたという事実への恥ずかしさで、ぱっと目を逸らした。

辛い時、寂しい時。私が最初に思い浮かべるのは誰だろう。

一瞬考えて脳内に浮かんだ男の顔に、やっぱりそうなんだよなぁ、と納得する。

そんな私を見てか、杏未が「ねぇねぇ」と興味津々に言った。

「蘭ちゃんは日之出くんのこと、好きとかじゃないのかな」

綺が私に好きだと伝えてくれるたびに、私は私を大切にしようと思えた。それが本当に恋かどうかはさほど重要なことではなかった。

綺は私にとって大切な人だ。好きだと言われるのは嬉しくて、綺の行動にドキドキしたりもする。

綺が楽しそうだったら私も嬉しいし、辛そうにしていたら私も悲しい。

一緒に星を見に行きたいと思う。同じ夜を越えたいと思う。

「好きだよ」

これを一般的に恋と呼ぶのだろう。

なんとなくわかってはいた。これまで誰かに恋をしたことがなかったから半信半疑ではあったけれど、綺と関わって、好きなことも苦手なことも、弱いところも、お互いに知るようになって、きみのそばにいたいと思った。

好きなんだ、綺のことが。確かに恋、なのだと思う。

「付き合ったりはしないの？　両想いだよね」

「うーん……その感覚があんまりわからなくて」

「わからないって？」

好きだから告白をする。好き同士だから付き合う。世間一般で恋愛に求められる形があるとして、私と綺はその概念には当てはまらない、当てはまりたくないとすら思っている。

曖昧なことを言っているのはわかる。それでも、単純な言葉で表せる私たちではないと思うから。

「うまく言葉にできないから……綺には言うつもりはまだないかなぁ」

「うんうん、そっかぁ」

「すごく曖昧だけどね」

「あはっ、いいと思うよぉ。蘭ちゃんも日之出くんも変わり者だもん！」

「変わり者……ではないと思うけど」

「ふたりの世界があると思うからさ、焦らなくていいと思う。必ずしも結ばれるのが恋じゃないと思うしねっ」

自分の中にあったあたりまえが、日々更新されていく。

その感覚が新鮮で、嬉しかった。

「真夜中さん的にはどう思います？」

「どうもなにも、べつにそんな必ずしもはっきりさせる必要はないと思いますけどね。菩薩くんとミヨーさんってなんか変わってるし」

「変わってますか」

「はい、まあ、一般的な枠にはいないかと」

「はあ、なるほど……」

同日、二十三時。

ひとりでコンビニを訪れた私は、買ったばかりの缶のコーンスープを飲みながら、「恋って難しいですね」と声を落とした。そうしたら、「なんかその発言老けてますよ」と言われた。

恋について考えたら、思考がぐちゃぐちゃになってわからなくなる。

真夜中さんも、なんとなくで彼女と付き合ったと言っていたし、曖昧な始まりで付き合う男女は多いのだと思う。

しかしながら、私の場合はそうではないのだ。気持ちははっきりしているのに、この関係にどう名前を付けていいかわからない。

うーん、と唸る私に、「まあでも」と真夜中さんが言葉を落とした。

「なんでもいいんじゃないすか」

「え」

「関係性を表す言葉って、時に厄介ですよ。ほら、わかりやすいたとえだと、『うちら親友だよね』とか、『友達だと思ってたのに』とか。彼氏とか彼女とか、そういうのも同じようなもんすよ。別れるとか別れないとか、言葉ひとつで簡単に成り立つの、時々ばからしいなって思ったりもします、おれ」

そう言われ、確かに、とすぐに納得した。

『もう、あたしら蘭との友達やめるから』

マイにそう言われたのは、もうすっかり懐かしい記憶ではあるけれど、言葉ひとつで、私たちは他人になれてしまったのだ。

言葉の持つ力はとても偉大だけど、時にとても無力だと思う。

人が必ずしもわかり合えないのは、そのことも関係している気がした。

「一般論に当てはまる必要はないと思います。一緒にいたい人ととことん一緒にいればいいんすよ。それが恋か友情かってだけで、べつにね」

「はあ、なるほど」

「おれはホント、早く名前の付いた関係の縛りから解放されたいです。まあ、過去のおれが悪いんで相手のせいにはしないですけど」

真夜中さんはというと、まだ彼女と話がついていないらしい。思ったより難航しているとのこと。

「頑張ってくださいね、知らんけど」

「結構大事なんですけどね」

「なんとかならなくても、なんとかなりますよ人生」

「どこをとっても曖昧すぎてウケますそれ」

「知らんけどでなんでも済ませようとする真夜中さんよりマシだと思いますよ」

「保険かけることは悪いことじゃないです」

「ふは、そうですね」

そのあとすぐお客さんが入って来たので、「今日もありがとうございましたです」と軽く頭を下げて私はコンビニを出た。


「あ、来た。やっほー好きな人」

「……」

「え、何そのなんかよくわかんない反応。軽いジョークのつもりだったんだけど、えーっと……？」

翌日の夜。

公園に行くと、先に来ていた綺が、開口一番反応に困る絡み方をしてきた。

昨日、杏未や真夜中さんと「恋」についての話をして、しかも綺のことを好きだと確認したばかりだったので、変に緊張してしまい返す言葉がなかった。

きゅっと手のひらを握りしめ、小さく息を吐く。

「ごめん。ちょっと動揺しただけ」

「動揺されると思わなくて俺も動揺しちゃったわ」

誤魔化すように言う。私の言葉にはっと吐き出すように笑った綺が、流れるように空を見上げた。吐き出した息が白かった。綺の整った横顔から目を離し、私も同じ景色を見つめる。

冬の空がこんなに美しいことを、私は綺に会わずして知ることはなかっただろう。

去年の夏も秋も冬も、長い夜を越えるためだけに外に出ていた。

空をぼんやりと見上げることはあっても、そこに広がる世界が綺麗だとか、呑み込まれてしまいそうだとか、ましてや星空を見て泣きそうになってしまうことなど、当然あるはずもなかった。

十六歳、十七歳と、いちばん輝く青春の時を返上して、誰に見せるわけでもない読書感想文を書いた。

殻に閉じこもり、自分を呪うだけの日々。

太陽の光から逃げるように一日中カーテンを閉めていた時もあった。将来が真っ暗で、自分の弱さに打ちひしがれた時も幾度とあった。

それでも、夜だけは、自分のことを肯定できた。

夜に縋って味方にしたら、きみが現れた。

一年前の私に会うことができたなら、教えてあげたい。

あなたはこれから素敵な人たちとたくさん出会って、新しい世界を知るから怖がらなくてよい、と。

私の未来は、捨てるにはまだ早い。

「もう今年も終わりそうだぜ蘭、どうする」

唐突に話題を振られるのにはもう慣れた。

「どうするも何も」

「クリスマスも正月も、センター組は勉強漬けなんかなぁ。えらいわ、世の受験生」

「わかる」

あと一週間もせずに冬休みが始まる。綺や杏未にとっては最後の冬休みだ。

杏未と同様、綺も地元の私立大学に推薦入試で合格しているので、残すは卒業のみらしい。センター試験も模擬試験も経験しない身では、同級生の人と迂闊《うかつ》にイベントごとの話ができないと綺が嘆いている。

そういえば、杏未も同じことを言っていたような。

同い年とはいえ、私の高校三年生はあってないようなものなので、高校受験の時の感覚を思いだす。

確かに、私立と公立では受験期も違うから、公立組が卒業ぎりぎりまでぴりついていたような気もする。

「てか蘭、もう少しで誕生日じゃん？」

「うん」

「フライングおめでとう」

悪戯っぽく笑う綺に不覚にもキュンとしてしまい、「フライングありがとう……」と目を合わさず同じような返しをする。

クリスマスにお正月と、イベントに紛れてかすんでしまいがちな私の誕生日、十二月二十三日。

母は毎年、ちょっと早いクリスマスプレゼントと一緒に、誕生日当日にお祝いをしてくれていた。引きこもりになっていた時も、私の好物をたくさん食卓に並べてくれて、ふたりで食べるには大きすぎるホールケーキを買ってくれた。

去年の誕生日プレゼントは、自分のお小遣いで買うには手が届かない値段のワイヤレスイヤフォンだった。

不登校になって初めて迎えた誕生日。ラインを消して連絡を取るような友達がいなかったこともあり、「イヤフォンってあんたの夜のお供だもんね」と言われた時は、思わず泣いてしまいそうになった記憶がある。

先日、杏未に「冬休みは蘭ちゃんのお誕生日、盛大にお祝いさせてねっ」と予告され、母以外にも祝ってもらえるんだ……と喜びを噛みしめたばかりだった。

まさか、綺に覚えてもらえているなんて。

「あ。その顔、俺が誕生日覚えてるとは思ってなかったって顔だ」

「え、いや……びっくりして」

「好きな人の忘れるわけないじゃん。この俺だぞ？」

自信満々に言われ、恥ずかしいのに否定できなかった。綺なら普通にあり得ることだからだ。人の話を目を見てちゃんと聞いてくれる人だって重々わかっているからこそ、綺の発言を否定することができない。

私は綺の好きな人。恋をしてくれている。その事実を忘れる暇もないスパンで伝えてくれるから、それがとても嬉しくて、照れくさい。

だけどでも、だからこそ綺にとっての恋の定義が気になった。

「あのさ、綺」

「ん」

「綺の……その『好き』ってさ、どんな感じに……恋？　なんだろう」

私のどんなところが好きで、恋をしたのか。

時々こぼす綺の「好き」に、私はうまく返事ができていなかった。

私が彼に対して抱いている気持ちと同じだったとして、恋、とはつまり、なんなのか。

「えぇ？」

「どこが好き、とか。気になるじゃん」

「いやぁ……改めて言葉にすんのめちゃくちゃ恥ずかしいな」

「そこをなんとか」

「恋って言葉にできないからこそ良いって言わん？」

「言うかもだけど、そこを知れたら世界はひっくり返るよ」

「わからんわからん。誰だよ、落ち着けよ蘭」

困ったように綺が笑う。

自分の思う恋を、言葉に起こせたら。綺の思う恋の概念を知れたら。

そうしたら、私も綺に、ちゃんと気持ちを伝えられるかもしれない。

「どんな感じにったって、好きなもんは好きだからなぁ。他にどう表現していいかわかんねー……」

冷たい空気に綺の声が落ちる。小さな声だったけれど、夜に響かせるには十分だった。

「……まあ、しいて言うなら？　しいて言うなら、笑っててほしいし、苦しい時は頼ってほしいし、俺が知ってるすげー星空いっぱい見せたいって思うかな。気づいたら、蘭のことばっか考えてる」

「……え、っと」

「でもそれ、俺は、ってだけの話じゃん。恋にもいろんな形があるしなぁ。その人の幸せを願う人もいるし、自分が幸せにしてあげたいって思う人もいてさ、人それぞれだと思うんだよな。俺は、蘭以外の誰といても、蘭だったらこう言うよなとか、蘭だったらこういうふうに動くよなとか、全部蘭に置き換えて考えちゃうんだよ」

「……」

「なんか、相当好きなんだよなぁって、自分のことなのに他人事みたいに思ってる。付き合うとか付き合わないとか、そんなんあんま重要じゃなくてさ。……なんつーのかなぁ」

綺はいつだってまっすぐすぎる。

「好きなんだよ、蘭のこと。やっぱそれ以外の言い方がない！」

人を好きになることに、理由は多くなくていい。

誰が何と言おうと、これは恋だ。

どんな風にとか、どこがとか、これが恋かどうかとか、私がもやもやと考えていたことなんて、そんなに需要なことじゃなかったみたいだ。

一緒にいたい、もっと知りたい。私のことも知ってほしい。

でも、それ以上に——。

「私も、綺のこと好き」

「だよなわかる……んえ？」

「好きだよ。それ以外に、言い方ないかも」

好きなんだ、この人のことが。

ただ好きという気持ちを知ってほしいと思う。

付き合うとか、彼氏とか彼女とか。そういうの関係なしに、綺と同じ世界を見ていたい。

好きだ、大好きだ。これ以上に抱えた感情をうまく伝える方法は、私もわからなかった。

「……ぶはっ」

少しの沈黙の後、それを破るように綺の笑い声がした。肩を揺らして笑っている。

「……そんな笑う？　面白いこと言ってないよ」

「いや？　両想いだなと思って」

「それは、まあ……」

「恋ってラブなんだよな。なんかさ、俺と蘭は、ラブって感じがする。ラブな関係」

「だいぶ意味わかんないよ……」

「あは、そう？」

「私の世界、綺と出会ってからずっとひっくり返ってる気がする」

「それもだいぶ意味わかんねーって」

私と綺はラブ。意味わかんないけど、それくらいが丁度良いのかもしれない。

そんな曖昧で漠然とした関係が、私たちによく似合っている気がした。

「てか蘭、誕生日、暇だったらデート行こうよ」

「暇じゃないけど、いいよ」

「ツンデレか」

「日中は杏未と予定があるから暇じゃないもん」

「そうやって友達いるアピールするんだ、へえ、ふーん、そう」

「てか寒い。真夜中さんのところ行ってあったまろう」

「肉まん半分こしようぜ」

「私ピザまん派なんだけど」

「まじ？　しゃーない、真夜中さんと半分こするわ」

「勤務中だよ真夜中さん。てか食べるとしても普通に一個食べると思うあの人は」

「言えてる」

冬の終わり。空気が澄んだ、真っ白な夜のこと。

十一・いつか光になれたら

これは、不甲斐ない過去の話。

好きな人がいた。隣のクラスのその子とは、学校ではあまり関わる機会がなかったけれど、応募したアルバイト先のカフェで偶然彼女が働いていて、そこから話すようになった。

こんなことを自分で言うのはバカらしい、というのは重々承知の上で、運命なんじゃないかと思っていたのだ。

俺の好きな人は、明るくてよく笑う、とてもかわいらしい女の子だった。仕事もできるし、バイト先の人とのコミュニケーションも上手にとっていた。一般的に、うまく世を渡っていく、社会に好かれそうなタイプだと思う。

だからまさか、彼女が突然バイトを辞め、さらには学校に来なくなるなんて、想像もしていなかったのだ。

高校二年生の春。いつも通りバイトに向かうと、「桜井くんは何も聞いてない？」と、主語のない言葉をかけられた。

何のことを言っているかわからず首を傾げると、店長は困ったように眉を下げて言った。

「名生さんからね、突然『辞めます』って連絡が来たのよ」

「え」

「理由はなにも教えてくれなくてね。ごめんなさい、すみませんって、謝るばっかりでねぇ……。桜井くん、同じ学校だから何か知ってるかと思ったんだけど、何も聞いていないのかしら」

「いえ……、俺は何も」

「名生さん、よく働いてくれていたし、明るい子だったでしょう。なにかあったのかしら……。心配よねぇ」

ひとつも理解できなかった。春休み中はたくさんシフトにも入っていたし、元気そうに見えた。

二年生のクラス替えでも彼女と同じクラスになることはなく、ひそかに肩を落としてから数週間後のことだ。今年こそは、バイト先にとどまらず学校でももっと関わっていきたいなと、心に決めたばかりだった。

クラスが違うから、その時の出席状況はわからなかったけれど、それから二週間後、彼女がずっと学校を休んでいることを知った。

不登校になったらしい。同じクラスの女子、佐藤麻衣《さとうまい》と菊池志穂《きくちしほ》、それから藤原杏未がそんな感じの話をしているのをたまたま耳にした。

佐藤は一年生の時によく、すれ違うたびにやたら声をかけてきたけれど、特別仲良くした記憶がなかったので、すごく社交的な人なんだろうな、くらいにしか思ったことがなかった。

藤原さんは、佐藤と菊池とは少し系統が違ったので、どうして仲良くしているんだろうなと不思議に思ったりもしていた。

「ねぇ、蘭のこと、うちらのせいとか言われないよねぇ？」

「言われないっしょ。だってうちら直接的なことなんもしてなくない？」

「だよね。先生も多分、『なんで？』って思ってると思う」

「まあでも蘭、ムカつくしさぁ。一生引きこもってればいーよ、どうせうちらもう友達じゃないし」

「ね。杏未もそう思うよねぇ？　蘭ってなんか、うちらのこと見下してるっていうかさ」

「わ、わたしは……え、っと」

「え？　なにはっきり喋ってー」

「う、うん、ごめん……」

友達って、そんなに簡単にやめられるものなのか。

そもそも、そんな会話を昼休みに教室でするのって、佐藤と菊池の体裁的に大丈夫なのだろうか。俺に聞こえるということは、彼女の近くに座っていた人にはもっとはっきり聞こえていたに違いない。

聞いていたこっちもとても不快だったので、睨むように視線を向けてみたけれど、佐藤たちは自分が話すことに夢中になっていて、俺の視線になど気づきそうになかった。

視界の端で、泣きそうになるのをこらえながら必死に笑顔を繕う藤原さんの姿が鮮明だった。

バイトを通して彼女の連絡先を知っていたから、何度か連絡しようかと迷ったけれど、俺と彼女は仲が良いと言えるほどの関係ではなく、しいて言うならたまたま同じ学校に通うバイト仲間というだけだったので、殻に閉じこもってしまった彼女に踏み込む勇気がなかった。

何もできないまま、容赦なく時間だけが過ぎ去り、彼女が不登校になってから一年以上が経過し、佐藤たちの口から彼女の悪口に思える言葉を聞く機会も減った。

藤原さんは徐々に佐藤たちと距離を取り始め、すっかり一緒にいるところを見なくなった。

こうして人は変化に対応していくのだと思う。

俺も、彼女のことを好きだという気持ちがだんだんと薄れ、ふとした時に、そういえば元気にしているだろうかと思いに耽る程度になった。

だからこそ、彼女を学校で見かけた時は本当に驚いた。

高校三年生の、初冬の放課後のことだった。

たまたま通りがかった空き教室で、藤原さんと楽しそうに笑う彼女を見た。

この学校の制服を着ていて、記憶に残る彼女より生き生きとしているようにも思えた。

登校できるようになったのか？　三年生の受験期に復帰って、卒業日数とか単位とか、大丈夫なのか？

そんなことを考えながらも、かつて好きだった人の笑った顔をもう一度見れる日が来るとは思わず、数秒その場に固まった。

藤原さんは、佐藤と菊池と一緒にいた時からは想像もできないほど、幸せそうな雰囲気を纏っていた。やっぱり、あの時は泣きそうな顔で佐藤たちに話を合わせていたみたいだ。

どういう経緯で彼女がまた学校に来るようになったかはわからないけれど、藤原さんが一緒にいるということは、何かしら行動をしたということだ。

何も動けないまま日々を過ごした俺とは違う。

好きな人のために、俺は何もできなかった。

遠目からでも、彼女の瞳に光が差し込んでいるのがわかった。

また彼女を外に連れ出してくれてありがとうと、俺は藤原さんに心から感謝した。

それから、無力な自分を、とても情けなく思った。


名生蘭。俺は、きみのことが好きだった。

ひとめ惚れだったのか、はたまた何かきっかけがあったか、今はもう思いだせない。

それでも、確かに好きだったのだ。

バイトに行くのが楽しかった。学校できみのことを見かけるたびに、ひとりでドキドキしていた。

時間に頼って何もできなかったことを後悔している。

力になりたかった、なれなかった。

俺は、きみにとっての光にはなれなかったけれど。

もしまた誰かを好きになったら。その時は、今度こそ迷わず手を差し伸べたいと思う。

「名生さん、ごめん……」

ひとりごとのように呟いた情けない謝罪は、この先も彼女に届くことはきっとない。

どうか、この先の未来が、きみにとって優しい世界でありますように。

十二．世界を逍遥するように

二十三時──世界がだんだん眠りにつき始める頃。

街の明かりが消え、誰を対象にしているのかもわからない街灯が虚しく灯るだけの夜は、私にとってとても大切な時間だった。

「あぁ、蘭、今から行くの？」

玄関でスニーカーを履いていると、お風呂からちょうど出た母にそう声をかけられた。

耳だけを傾け、「うん」と短く返事をする。

夜に部屋を出ることを日課にしてから、もう二年が経とうとしている。

ともに暮らす母は、たとえ夜であろうと外の空気を吸うことを良しとしているようで、「気を付けてね」「スマホ持った？」と最低限の言葉を毎日かけてくれるだけだった。

母の娘じゃなかったら、私は今頃社会に対して呼吸困難で、そのまま溺れてとっくに死んでいたと思う。

夜を知らなければ、今の私はいなかった。

『若いってのは、それだけで人生の武器だから』

自慢の母の常套句に、私は今までもこれからも救われ続けている。

「いってらっしゃい、蘭」

「うん」

「明日も学校なんだから、あんまり遅くなるのはダメだよ」

「うん、わかってるー」

履きなれたスニーカー。半袖の上に羽織る、夜の肌寒さを考慮したパーカー。イヤフォンとスマホは人生の必需品。帰りがてらアイスが食べたくなった時のための、予備の五百円。

それから——十八歳の私。

全部、夜を越えるための私の武器になる。

「いってきます」

母は、今日も笑顔で私を送り出してくれた。

たどり着いたのは、家から歩いて五分ほどのところにある公園だった。

そこが、私が今も変わらず夜を過ごしている場所。

「お、来た。やっほー好きな人」

ベンチに座る男は、私の姿をとらえると右手を挙げて微笑んだ。黒髪が、白い肌によく映えていた。

「その絡み方いつになったら飽きるの」

「飽きるとかじゃねえんだわ。恋心を噛みしめてんの」

「随分と長持ちするんですね」

「ラブは永遠ぞ？」

日之出 綺。何度聞いても、何度その漢字を見ても、美しいと思う。

私たちは、毎晩のように公園で落ち合い、近況や日常を交わし合う、健全でラブな関係。

綺は大学生になり、私は高校三年生をやり直している。取り囲む環境はまるで違うけれど、この時間だけは、一年前から変わらず続けていることだった。

「私さ、今週からテスト期間入るから、テスト終わるまで夜来れなくなる。ごめん」

「全然いいけど、蘭ってテスト勉強真面目にやるタイプなん」

「やるよ。どっかの誰かさんと違ってテスト期間関係なく夜に出歩いたりしないから」

「誰だその不真面目野郎は」

「あんただよ」

「いやまじでそれな。その後親に見つかるとこまでセットな。今考えたらポンコツすぎる」

懐かしい話をして笑い合い、天気が良い日は天体観測に行く。広がる星空を見た帰りにアイスを買いに深夜バイター幻中 光——通称真夜中さんがいるコンビニに向かう。それから、四季などお構いなく、イートインスペースでアイスを食べるのだ。

それが、今も変わらない私と綺の、夜の越え方。

大学生になってから綺の門限はなくなり、二十三時でも堂々と外に出れるようになったらしい。

逆に、私は学校に行かなければいけなくなったので、解散の時間が早まった。

県外の大学に通う杏未とは会う機会が減ったけれど、月一スパンで実家に帰ってきているようで、そのたびに会っている。先月会った時は、髪をハイトーンに染めていて、とてもかわいくなっていた。

真夜中さんは大学三年生になり、付き合っていた彼女とは新年度が始まる前にようやく別れることができたらしい。

最終報告のみを聞かされたので、どういう経緯で別れ話を切り出したかはわからないけれど、真夜中さん曰く「おれ結構がんばりました」とのことだった。

「おれも、もし次誰かと付き合うことがあったら、無性に好きだって言いたくなるような人を選びます」

「それって俺と蘭が羨ましいってことっすか」

「そうとも言います」

「おほっ」

「え。ミヨーさん、このオタク君ちょっとキモいんですけど」

「時々出るあれなんで大目に見てください……」

人生たるもの、進む道は人それぞれである。

立ち止まったままの人生を送ろうが、学校に行こうが、毎日平等に夜が来る。

その事実だけは、生きてる限りこれから先も絶対に変わらない。

どんな夜を過ごそうと、生きてさえいれば。

コンビニを出て、家までの道のりを歩く。繋がれた右手からは、綺の体温が伝わってくる。人の体温にしては比較的低めのそれが、とても愛おしかった。

「蘭」

「んー」

「テスト、赤点なかったらコーラ奢るよ」

「私べつにコーラ好きじゃないんだけどなぁ」

「まあまあ。そういえば蘭のとこの文化祭いつ？」

「八月の終わり」

「ふうん」

「絶対来てね」

「あたりまえ」

「蘭」

「うん」

「今日も好きだわ」

綺とたわいない会話をするたび、何気ない日々が愛おしくなる。

綺が私の名前を紡ぐたび、胸がいっぱいになる。

好きだと言われるたび、生きていてよかったと思う。

「ふはっ、私も！」

そしてそのたびに、きみを好きだと思うのだ。

夜の風が頬を切る。つめたくて、それがとても気持ちよかった。

十三．取るに足らないきっかけは

「まさかそっちがくっつくとか思わなかったんだけど！」

「わかるわかる。最初完全に当て馬コースだった」

「でもうちカズくん推しだったからさ、後半もう耐えられなかった。もはやキレてた。『は？　なんでカズくんが振られてんの？　意味わかんないけど？』ってなった」

「あーでも、ああいう王子系は普通なら絶対くっつくタイプだし気持ちはわからなくはない」

「そうなんだよまじで！　だからこの映画は胸糞悪い二次創作」

「きゃははそれやばすぎ！」

一年生の時のあたしは、赤点は絶対取りたくなくて、テスト期間は必死に勉強していたはずなのに、二年生になってからは頑張らなくなってしまった。

だって、赤点を何個とっても留年しないって、仲良くなった子たちに教えてもらったから。

初めて赤点を取ったのは、死ぬ気で覚えたのに全然違うところばっかりが出た、生物基礎のテストだ。毎年ほとんど同じ問題が回されていたことを知ったのは、赤いバツばかりの答案が返されてからすぐのことだった。

真面目って、ばかみたいだ。

正しいやり方で挑むより、先輩や友達と仲良くしておいたほうが断然得ってことだもん。

古典と英語表現の時は授業中にスマホを弄ってもスルーされるし、スカートは膝上何センチが校則だったかもう忘れた。

学校のルールなんて、あってもないようなもの。

律義に守ったところで、ルール違反の生徒たちがこれといって指導を受けるわけでもない。

だってそうだ。化粧は校則違反なはずなのに、まつ毛があがってなかったり唇に色がなかったりすると「今日顔面調子悪くない？」とか言われるわけだし。

お母さんの小言は増えるけど、そんなの気にしていられない。

高校生には高校生なりの付き合いってものがあるわけで、一回り以上年が離れた親世代じゃ、理解できるはずもない。

何事もほどよく手を抜いて、支障がない程度に規則を破って、周りに合わせて泳ぐほうがよっぽど賢い。

だから、真面目に生きるのって、それはそれは馬鹿らしいことだと思う。

「ねえアヤメは？　どっち推しだった？」

乾燥してざらついた唇に赤い液体を塗っていると、ふとあたしに話題が飛んできた。

週末に公開された、少女漫画が原作の恋愛映画。

原作は読んだことがなかったけれど、主題歌を担当しているバンドが好きだったから、来週あたりにひとりで見ようと思ってひそかに楽しみにしていたものだ。

「あー……ごめん。あたしまだ見てないや」

見てないけど、どんな映画かもうわかった。

当て馬コースの男の子がヒーローで、途中で形勢逆転する、「カズくん」推しの人には胸糞悪い二次創作だって。

最悪のネタバレに、最悪の感想。

「待って、まだ見てないん？　めっちゃネタバレしてたわごめん！」

「胸糞悪い二次創作とかいってさぁ。ホント最悪じゃんあんた！」

「いーよいーよ。べつにすっごい見たかったわけでもないし。あたしネタバレ平気だから続けてー」

「でもでも、アヤメも絶対胸糞悪くなると思う！」

「あはは、カズくん推しになるってこと？」

「絶対そう！　と、思う！」

全部、嘘だ。映画、本当はすごく楽しみにしていたし、予告を見てどっちとくっつくのかドキドキしていたから、絶対ネタバレされたくなかった。

でもいい。しょうがない。こうして学校で話題に上がる前に見に行けなかったあたしが悪かったから。

心のこもっていない謝罪には、愛想笑いを返した。

「じゃーまた明日ねぇ」

「朝イチで数学の課題見せあおうね!?」

「あはは、うん。じゃーばいばい」

ファストフード店で小一時間ほど話して、それからあたしたちは駅で別れた。

ひとりになってすぐ、あたしはリュックのポケットからイヤフォンを取り出し、外の音を遮断する。

ひとりになって音楽を聴いて歩き出すと、息苦しさはだんだんとなくなっていくのだ。

最初にかけたのは、大好きなバンドのいちばん大好きな曲だった。

テレビにたくさん出るような有名なバンドじゃない。だからきっと、友達はまだ知らない。

だけど最近、前より注目度が上がってきたし、ティックトックでも見かけるようになったから、近いうちに爆発的に流行ってしまうかもしれない。

好きなバンドが売れるのは嬉しいことなのに、広まってほしくないと思ってしまうのは、あたしの心が狭いから、なのかな。

日に日に学校が窮屈になる。それなりに友達はいるし、要領よく生きているはずなのに、全然満たされないのはなんでなんだろう。

友達のことが嫌いなわけじゃない。悪口を言われたわけでもないし、嫌がらせを受けたこともない。クラスは比較的穏やかで仲が良いし、担任の先生も、べつにこれと言って嫌なタイプじゃない。親子関係だって、それなりに、普通。しいて言うなら、好きなバンドの話をする相手がいないことくらいだ。

でも、それの何が嫌とか、何がダメとか、そういうことでもない。

うまく言葉にできないけれど、ただひとつ確かなのは、ひとりで音楽を聴いている時が、今のあたしにとっては不可欠な時間で、拠り所である、ということだ。

爆音で音楽を聴きながら歩いている時、ふとシャープペンの芯が切れていたことを思いだし、あたしはコンビニに寄ることにした。

「シャー芯ちょうだい」って、友達にわざわざ言うのもなんだか気が向かなくて、六時間目にあった地理の授業は、途中で板書を諦めた。

「いらっしゃいませー」

自動ドアを抜けると同時に、音楽を一時停止してあたしはイヤフォンを外した。

コンビニは今時セルフレジも多くなったし、だいたい言葉がなくても通じるから音楽を止める必要はないのかもしれないけれど、人と関わる場所で外の音を遮断するのはどうにも気が引けるから、あたしはいつもイヤフォンは外すようにしていた。

スマホを手に持ったままにしちゃうのは、ついついやっちゃう癖だ。

お目当てのシャープペンシルの芯と、ついでにジッパーが付いたチョコレート菓子を手に取り、あたしはすぐにレジに向かった。

店員さんは大学生くらいの男の人で、左胸に【幻中】という名札をつけていた。

見たことのない名字だ。なんて読むんだろう。

ゲンチュウ？　いや、まぼろし、なか……ま、まぼろなか……とか？

「あの。すいません」

「えっ」

「お会計。三八六円です」

「あっ、す、すみませんっ」

無機質な声でそう言われ、あたしはハッとする。

名字の読み方が気になって、すっかり意識がもっていかれてしまった。

慌ててリュックから財布を取り出そうとするも、慌てすぎたせいで手からスマホが滑り落ちてしまう。レジカウンターの上に仰向けで落ちたスマホは、落ちた時の衝動で画面が点き、一時停止した状態の曲名が表示されていた。

「す、すみません」

ひとこと告げて、スマホを回収。地面に落ちなくてよかった、とほっと胸をなでおろしポケットにしまおうとした、その時。

「いいですよね、この曲」

「え」

「そのバンド、おれも好きです。なんかいい感じに尖ってて」

拍子抜けしてしまった。コンビニ店員は〝効率よく適当に〟がモットーなのかと思っていたから、まさか話しかけられるとは思わなかったのだ。

「あっ、えっ、わかりますっ」

「でも、なんか最近流行ってきてますよね」

「えっ、あ、はい。だからあんまり人に教えたくないなって……」

いやいや、間違えた。手だけじゃなく口まで滑ってしまった。

慌てていたことと、動揺と、最近思っていることが全部同じタイミングで溢れちゃった、みたいな、そんな感じだ。

「す、すみません……。なんでもないです」

小声で謝り、財布から五百円玉を取り出す。

店員さんは表情を変えずにその五百円を受け取り、レジを打ちながら「わかりますよ」とこぼした。

「好きなものほど隠したくなるっつーか。わかったように語られてもイヤだなって」

「え」

「ですよね」

ですよねって。あたし、まだ何も言っていないのに。

一一四円のお釣りとレシートを受け取りながら、あたしはぱちぱちと目を瞬かせて店員さんを見つめた。

「でも、教える必要なんてないんすけど、言わなかったら言わなかったでなんか疲れちゃうんですよねえ」

「え？」

「あ、すみません。聞くの忘れてたんですけど、商品はこのままでいいですか」

「えっとあの、はいこのままで……」

「あ。あと、そのバンド、おれは『余映』って曲がいちばん好きです」

「えっ」

一回もまともに言葉を返せなかった。「あっ」とか「えっ」とか、言葉にならない音で反応するばかりで、店員さんの名字の読み方すら聞けなかった。

「あざました ー」

買ったばかりの0．4mmのシャープペンの芯とチョコレート菓子を抱え、店員さんに頭を下げてコンビニを出た。

『好きなものほど隠したくなるっつーか。わかったように語られてもイヤだなって』

あたしだけじゃなかったんだ。

意外と、ほかにもいるのかもしれない、あたしと同じような感覚を持つ人が。

知らないだけで、言わないだけで、本当は。

『言わなかったら言わなかったで、疲れちゃうんですよねぇ』

あたし、本当は疲れていたのかな。

息苦しかったのは、周りに合わせて自分を隠しすぎていたせいで、真面目で律義な自分をばからしいと決めつけていたから、なのかな。

なるほど、そっかあ。

最近のあたしは、どうやら少し、バランスが崩れていたみたいだ。

ゆっくり息を吸って、深呼吸。

ポケットからスマホを取り出し、『余映』を再生して帰路につく。

ちょっとしたことだったけれど、数分前より、あたしの心は軽くなったような気がした。

完

番外編　眩しさに目を細めて

「あ。幻中くんおつかれー。今日もありがとうね」

午前六時——世界がだんだん目覚め始める頃。

「廃棄するパン、テーブルの上においてあるから食べるなら持って帰っていいよ」

「おつかれした」

交代で出勤してきた店長に適当な返事をしたあと、すぐバックヤードに向かい、指定の制服を脱いだ。テーブルの上に置いてあった廃棄のメロンパンをひとつ貰ってトートバッグに雑に入れる。ひとり暮らしの金欠大学生にとっては、タダで食料を確保できるのはありがたい。

「あざます―」

平均週四で入っている朝六時までのコンビニの夜勤バイトは、大学生になってすぐに始めた。

愛想も丁寧さもそこまで完璧に求められるわけじゃないから気が楽だし、制服もあるし、時給も良い。おまけに家から店までは徒歩二分。厄介な客も時々来るけれど、住宅街の端に位置しているからか、常に人が行き交う駅や街中の店舗よりかはマシだと思う。知らんけど。

着替えを終え、流れるようにスマホを確認する。ラインの通知が何件か入っていたので義務的にアプリを開き、一番上にあったトークを見た。

《おはよ。今日の夜もバイトだっけ？》

時間を見ると、それは十分前に入ったラインのようだった。俺の夜勤が六時に終わることを把握した上で、退勤時間に合わせて送ってくれたのだろう。

《今日はないよ》

《じゃあ今日はご飯作るね》

短く返事をすると、またすぐに返事がきた。

トーク相手は、付き合って一年になる彼女。大学一年生のとき、ゼミが同じで知り合い、成り行きのまま付き合って、気づけば一年が経とうとしていた。

お互いひとり暮らしなので、バイトがない日は、彼女の家かおれの家で一緒に過ごす。これといってルールを決めたわけでもなく、気づいたらそうなっていた。

周りにいるカップルも、両方が実家暮らしじゃないかぎりはだいたいそんな感じで恋人との関係を築いているから、これが大学生の恋愛の仕方なのだろうと納得していた。そこに、おれの意思はない。《ありがとー》と返事をしてスマホを閉じたあと、小さくため息が出た。

おれの人生は、刺激がなくて安定している反面、ほんのり物足りないと感じることが多い。

彼女のことは嫌いじゃないし、大学生における一般的な恋愛の在り方にも納得しているし、大学での人間関係も安定している。

それなのに、どこか、なにか、物足りない。今自分が置かれている環境の居心地が絶妙に悪い。けれど、解決するために行動するほどの悩みではなく、気力も持ち合わせていない。

おれはきっと、残りの大学生活もなんとなくで過ごして、単位だけを死守して、社会で出てからも目標も夢もないまま働いて、時々小さくため息を吐きながら成り行きで生きていくんだろう。

八月の終わり。店を出ると、まだ夏の匂いがした。

コンビニの明るさはあっというまに街に馴染み、耳を澄ませば鳥のさえずりが聞こえる。空を見上げ、ふーっと大きく息を吐く。

コンビニのバイトは、面倒なこともあるけれど、案外嫌いじゃない。不思議な客が多いから、観察していると楽しかったりもするのだ。

たとえば、毎日煙草とレモンサワーばかりを買うサラリーマン。夜中にアイスを買いに来る高校生。この人たちは、いったいどんな人生を生きているんだろう。それらを思考するたび、少しワクワクする。

実際、おれはレジでその人たちに興味本位で話しかけてみることもあるわけで、単位をとるためだけの講義より、彼女と会うことより、その瞬間が好きだと思ったりもするのだ。

とくに印象的だったのは、バイトを始めたての頃からよく見かけていた女子高生のミヨーさん。不登校で、夜になると公園に散歩しに行って、帰宅がてらうちのコンビニでアイスだけを買って帰るという、不思議な常連客のひとりだ。

彼女を初めて見かけたとき、他人のおれでもわかるくらい彼女には覇気がなくて、ほんのり鬱々とした雰囲気を纏っていた。訳ありっぽいなと密かに気にかけていたけれど、ある時、いつもアイスだけの彼女が心なしか楽しそうな顔でお菓子やコーラをレジに持ってきたものだから、つい声をかけた。ミヨーさんが不登校であることは、そのときに教えてもらったことだった。

おれは勝手にうれしくなっていた。そして同時に、日に日に変わっていく彼女のことが羨ましかった。

『お客さんは、立ち止まる勇気をもってるから。それってすごいことっすよ』

『おれはずっと中途半端なんすよね。逃げるか戦うかなのに、どっちにも当てはまってない気がしてる』

不思議な常連客、改めミヨーさんと初めて話した夜のことを、おれはきっとこの先も大切に記憶していくんだと思う。

その日を境に、ミヨーさんとその友達である菩薩くん（彼はミヨーさんのことが好きっぽい）とよく話すようになった。

ミヨーさんと菩薩くんの会話は、お互いがお互いを大切に思っているのが伝わってくるくらい、やさしくて透き通っている。傷つけないために、繊細なふたりがお互いに触れても良いラインを探り合いながら寄り添っていく姿は、おれにはちょっとだけ眩しい。

彼女に自信をもって好きと言えない。同じ温度感でいられない。一般論に基づいて大切にすることはできても、自分の意思を持って彼女を尊重出来ない。

おれは多分、彼女に対してとても失礼なことをしているのだろう。このままでいていいはずがない。それはわかっているのに、逃げることも闘うこともできないまま、一年も経ってしまった。

今日の予定。三限と五限の講義を受けて、家に帰って、彼女と会う。

わけもなく、気が重かった。

「……今日もバイト入れときゃよかった」

こぼれた本音は、誰にも届かないまま、朝の空気に溶けていく。

「らしゃいませー……あ、菩薩くん」

「あれ。今日いつもより早くないですか？」

「おれはそうなんすけど……え、菩薩くんこそ早くないすか」

二日後の夕方のことだった。普段ならこの時間に見ないはずの客に、おれは小さく驚いた。

その日はもともとバイトのない日だったけれど、人員不足だから短時間でも出れないかと店長から直々に電話がきたものだから、急遽十四時から十八時という珍しいシフトで出勤していたのだ。

「親におつかい頼まれたんで、今日はたまたまです」

「ああ、なるほど」

いつもの出勤は二十一時。普段、菩薩くんたちに会うのは大体それ以降の時間帯だから、まだ太陽が完全に落ち切らないうちにこの場所で菩薩くんに会うのはなんだか少し新鮮だ。

軽い会話をしたあと、買い物を済ませた菩薩くんが再びレジに戻って来た。かごの中には、牛乳とチーズ、それからいつものコーラ缶が入っている。

「いつもコーラで虫歯にならないんです？」

「ならないっすよ。おれ趣味歯磨きっすもん」

「適当に喋るのもほどほどにしたほうがいいですよ」

「いやいや誰が言ってんすかそれぇ。真夜中さんも大概でしょ」

でも歯磨きはめっちゃします、と菩薩くんが付け加えた。

「てかなんかそれ、こないだちょうどそんな話しましたわ」

ふと、思い出すように菩薩くんが言った。誰がとは明言されてなくても、誰との会話を思い出しているのかすぐにわかった。菩薩くんの表情がやさしい。

「ミヨーさんと?」

「そうっすそうっす。コーラ美味しいけど自分が不健康になってる気がしてたくさん飲むの気が引けるーみたいなこと蘭も言ってて」

「あー、わかる」

「『歯磨きめっちゃするからむしろ健康』って言ったらため息吐かれましたけどね」

「ああ……」

ミヨーさんが菩薩くんに向けていたであろう白けた目まで容易に想像できた。

「……つかぬこと聞くんですけど」

「お」

「菩薩くんは、どうしてミヨーさんのことが好きなんですか」

自分でも、どうして急にそんな質問を投げかけたのかわからなかった。けれど知りたかった。今、聞いておきたかった。

自分の問いかけに、「ホントにつかぬことっすねぇ」と菩薩くんが笑う。それから彼は少し考えるそぶりを見せたあと、言葉を続けた。

「どうして好きか、わかんないから好きなのかも」

「はあ……それはつまり」

「全部をわかり合えなくたっていいんですよ。ただ俺は、できるだけたくさん蘭と同じ世界を見ていたいだけなんで」

あまりにまっすぐで、返す言葉が見つからなかった。言っていることはわからないままなのに、彼が抱える気持ちだけは、確かに感じる。

同じ世界を見ていたい。菩薩くんやミヨーさんより数年長く人生を歩んでいるけれど、おれはまだ誰かに対してそんな気持ちになれたことがない。

「まあでも実際、好きなんて気持ちはその言葉以外じゃ表現できないものだと思うんですよねえ。義務感とか同情とかが少しでもあるんだったら、それは「好き」のふりをした違う感情なんじゃね？って」

「好きのふり……ですか」

「はい、まあ、知らんっすけど」

知らんのかい。心の中で突っ込みを入れながらも、菩薩くんに言われた言葉をゆっくりかみ砕く。

バイトがない日に彼女に会うのは、おれが勝手に一般論に則って納得した義務で、大きな理由もなく別れるのは可哀想だという、彼女に対する同情で。「好き」と「嫌いじゃない」を無理やりイコールで繋げて、おれは自分を正当化してきただけだ。

惰性で生きているだけの人生。意思のない言葉や行動。相手に失礼なことをしている自覚があるくせに、言い訳を探して動こうとしないところ。

「答えになってました？　俺」

「……や、はい。ありがとうございます」

恥ずかしかった。これ以上、そんな自分でいたくないと思った。

「なんかちょっと、一撃喰らいました」

どうにかしたい。変わりたい、俺は、変わらないといけない。

「えなんですかそれ」

「なんでもないっす。お会計五九四円です」

「ちょ、流石に気になるんですけど！」

今はまだ直視できない世界の眩しさを、いつか誰かの隣で見ることができたら。

あとがき

はじめまして、こんにちは。雨です。

このたびは、数ある書籍の中から『きみと真夜中をぬけて』をお手に取っていただき、本当にありがとうございます。

本作は、二〇二二年に単行本で刊行していただいたものになりますが、文庫という形でまた誰かの元に届ける機会をいただけて、うれしい限りです。

数年前の自分のこと、抱えきれなかった気持ちのこと、支えてくださった周りの人たちのこと。編集しながらいろんなことを思い返しては、懐かしくなったり苦しくなったりしました。

時が経っても、私の毎日は相変わらずで、プラスかマイナスかで言えばマイナスです。それでも、旅先で偶然入った雑貨屋さんで素敵な食器を見つけたりとか、大好きなバンドの新譜が気絶するくらい良かったとか、飛行機から見た空がとんでもなく美しかったとか。そういう、日々に差し込むたくさんの光に照らされながら、生きることができています。

誰かにとっての光のひとつに、本作が混ざっていたらうれしいなあと、二年前と変わらずそんなことを願いながら、今このあとがきを書かせていただいております。

本作の制作に関わってくださった関係者の皆様、この作品に出会ってくださった皆様に、心より感謝申し上げます。本当にありがとうございました。

皆様の日々に、たくさんの光が降り注ぎますように。

雨

この物語はフィクションです。実在の人物、団体等とは一切関係がありません。

本書は、二〇二二年十二月に小社より刊行された単行本に、一部加筆・修正を加え文庫化したものです。

雨先生へのファンレターのあて先
〒104-0031　東京都中央区京橋1-3-1　八重洲口大栄ビル7F
スターツ出版（株）書籍編集部 気付
雨先生

きみと真夜中をぬけて

2024年9月28日　初版第１刷発行

著　者　　雨　©Ame 2024

発 行 人　菊地修一
デザイン　フォーマット　西村弘美
　　　　　カバー　前川絵莉子（next door design）
発 行 所　スターツ出版株式会社
　　　　　〒104-0031
　　　　　東京都中央区京橋1-3-1　八重洲口大栄ビル7F
　　　　　TEL　03-6202-0386　（出版マーケティンググループ）
　　　　　TEL　050-5538-5679（書店様向けご注文専用ダイヤル）
　　　　　URL　https://starts-pub.jp/
印 刷 所　大日本印刷株式会社

Printed in Japan

ISBN　978-4-8137-1642-6　C0193

スターツ出版文庫　好評発売中!!

『#嘘つきな私を終わりにする日』　此見《このみ》えこ・著

クラスでは地味な高校生の紗倉は、SNSでは自分を偽り、可愛いインフルエンサーを演じる日々を送っていた。ある日、そのアカウントがクラスの人気者男子・真野にバレてしまう。紗倉は秘密にしてもらう代わりに、SNSの“ある活動”に協力させられることに。一緒に過ごすうち、真野の前ではありのままの自分でいられることに気づく。「俺は、そのままの紗倉がいい」SNSの自分も地味な自分も、まるごと肯定してくれる真野の言葉に紗倉は救われる。一方で、実は彼がSNSの辛い過去を抱えていると知り——。

ISBN978-4-8137-1627-3／定価726円（本体660円+税10%）

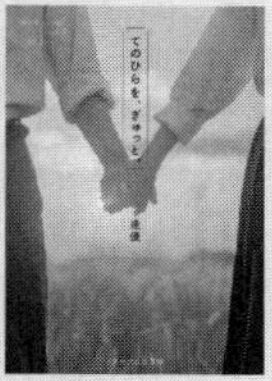

『てのひらを、ぎゅっと。』　逢《あ》優《ゆ》・著

彼氏の光希と幸せな日々を過ごしていた中３の心優は、突然病に襲われ、余命３ヶ月と宣告される。そんな中で迎えた２人の１年記念日、光希の幸せを考えた心優は「好きな人ができた」と嘘をついて別れを告げるものの、彼を忘れられずにいた。一方、突然別れを告げられた光希は、ショックを受けながらも、なんとか次の恋に進もうとする。互いの幸せを願ってすれ違う２人だけど…？命の大切さ、家族や友人との絆の大切さを教えてくれる感動の大ヒット作！

ISBN978-4-8137-1628-0／定価781円（本体710円+税10%）

『愛を知らぬ令嬢と天狐様の政略結婚二～幸せな二人の未来～』　クレハ・著

名家・華宮の当主であり、伝説のあやかし・天狐を宿す青葉の花嫁となった真白。幸せな毎日を過ごしていた二人の前に、青葉と同じくあやかしを宿す鬼神の宿主・浅葱が現れる。真白と親し気に話す浅葱に嫉妬する青葉だが、浅葱にはある秘密と企みがあった。二人に不穏な影が迫るが、青葉の真白への愛は何があっても揺るがず——。特別であるがゆえに孤高の青葉、そして花嫁である真白。唯一無二の二人の物語がついに完結！

ISBN978-4-8137-1629-7／定価704円（本体640円+税10%）

『鬼の生贄花嫁と甘い契りを六　～ふたりの愛を脅かす危機～』　湊《みなと》 祥《しょう》・著

鬼の若殿・伊吹と生贄花嫁の凛。同じ家で暮らす伊吹の義兄弟・鞍馬。幾度の危機を乗り越え強固になった絆と愛で日々は順風満帆だったが「俺は天狗の長になる。もう帰らない」と鞍馬に突き放されたふたり。最凶のあやかしで天狗の頭領・是界に弱みを握られたようだった。鞍馬を救うため貝姫姉妹や月夜見の力を借り立ち向かうも敵の力は強大で——。「俺は凛も鞍馬も仲間たちも全部守る。ずっと笑顔でいてもらうため、心から誓う」伊吹の優しさに救われながら、凛は自分らしく役に立つことを決心する。シリーズ第六弾！

ISBN978-4-8137-1630-3／定価726円（本体660円+税10%）